EUGÉNIE,

ou

N'EST PAS

FEMME DE BIEN QUI VEUT.

Evreux, de l'Imprimerie de J. J. L. ANCELLE. — 1813.

EUGÉNIE,

OU

N'EST PAS

FEMME DE BIEN QUI VEUT.

Par M.ᵉ de C***, Auteur de CORALIE, OU
LE DANGER DE SE FIER A SOI-MÊME.

Video meliora proboqué
Deteriora sequor. (OVIDE).

TOME III.

x

A PARIS,

Chez PIGOREAU, Libraire, Place Saint-
Germain-l'Auxerrois.

1813.

EUGÉNIE,

OU

N'EST PAS

FEMME DE BIEN QUI VEUT.

CHAPITRE PREMIER.

De tous les hommes que j'aie jamais rencontré , le docteur était sans doute le plus capable d'assurer le bonheur d'une femme ; la passion qu'il avait eue pour l'étude, dès sa plus tendre jeunesse, avait laissé une teinte un peu sérieuse à son esprit , mais il était impossible d'avoir un caractère plus égal, plus doux, plus exempt de domination ou de caprices; il comprenait les goûts qu'il n'avait pas, jugeait les femmes avec indulgence, n'était remarquab'e que par la modestie qui accompagnait son mérite ; enfin il aimait les enfans à l'idolâ'rie, et ce sentiment qu'il éendait déjà sur ces petits êtres qui lui étaient étrangers, devait doubler le bonheur de celle qui serait un jour la mère des siens.

Les fautes que j'avais faites, et dont il n'était résulté que des regrets et des larmes, me faisait envisager avec plus de douceur encore ce bonheur légitime et durable, dans lequel je pourrais mettre ma gloire. Les principes corrompus du comte de Ligni n'avaient laissé aucune trace dans mon ame ; mon cœur, fait pour l'amour, voulait être occupé ; mais mon plus vif désir était de pouvoir accorder mes sentimens avec mes devoirs. Enfin j'étais née pour être sage, et je

me croyais arrivée au moment de le
devenir.

Je retournai le lendemain, et pendant quelques jours chez Frégis ; nous
entrions avec confiance dans tous les
détails de notre prochaine union ; il
me priait pourtant de n'en parler à
mon amie qu'après la réponse de son
père, qui ne pouvait tarder, mais qui
exigerait peut être quelques délais,
dans le cas surtout où il voudrait as-
sister à notre mariage, comme mon
ami l'y invitait.

Pourtant Frégis se montrait très-
amoureux, et devenait un peu plus
libre avec moi. Je l'aimais avec passion, je craignais ma faiblesse et ses
désirs ; et, ne voulant point m'exposer à des combats dont le succès était
douteux, je lui dis que je ne voulais
plus me retrouver avec lui qu'il n'eut

reçu la réponse de son père et parlé
lui même à mes parens.

. Frégis combattit vivement cette résolution et ma méfiance ; il m'objecta
que cette lettre pourrait tarder beaucoup encore, en supposant que son
père, qui voyageait souvent, ne fut
point à Berne quand la sienne y arri-
verait. Ces instances, loin de me faire
changer de résolution, me montrèrent doublement la nécessité de la
maintenir.

J'aimais Frégis, je connaissais ma
faiblesse, et le danger d'altérer l'estime d'un homme dont je voulais faire
mon époux. Le docteur n'ignorait
point que j'avais cédé au comte ; mais
il ne me croyait coupable que de cette
seule erreur, et l'attribuant encore
plus à l'idée de changer mon sort,
qu'à ma facilité, il excusait dans cette
circonstance, ce qui dans toute autre

lui aurait peut être laissé une impression très-défavorable.

J'eus donc assez de fermeté pour résister à Frégis. Cet adieu, que je croyais de quelques jours seulement, m'était plus pénible qu'à lui-même, car j'avais depuis plusieurs mois l'habitude de passer tous les jours une grande partie de la matinée chez lui. Mais nous ne devions nous revoir que pour ne jamais nous séparer, et je regardais mon mariage comme tellement certain, que voulant m'en occuper encore pendant cette courte séparation, je me mis à écrire à mad., de Choisi, à qui je voulais en mander la nouvelle, ainsi qu'à quelques autres personnes qui s'intéressaient à moi.

Mes lettres étaient préparées, et ma tête tellement remplie de cette idée, que madame de Luzi me plaisanta de mes distractions et de l'air triomphant que j'avais depuis quelques jours.

Mon secret était prêt à m'échapper, je me jettai dans les bras de mon amie, je lui dis que j'étais bien heureuse, et que dans peu de tems elle saurait des choses qu'il ne m'était pas encore permis de lui confier. Mad. de Luzi fut blessée de cette réserve, et me dit que j'avais du remarquer depuis long-tems sa discrétion à m'interoger.

Eugénie, me dit elle, vous n'avez jamais pensé que mes conseils vous fussent nécessaires ; mais à vingt ans et avec le peu de réflexion dont vous êtes susceptible, on doit se tromper souvent ; je souhaite que la joie que vous semblez éprouver aujourd'hui, n'amène pas un retour fâcheux.

Cette espèce de prophétie ne m'inquiéta pas ; au contraire j'en devins plus fière d'avoir su me ménager un établissement à peu près convenable sans le secours de personne, et de jour en jour j'attendais la visite ou la lettre de Frégis, car nous étions convenus que l'une ou l'autre serait définitive et annoncerait le jour même de notre union.

Une après-dinée, que madame de Luzi é·ait sortie, on annonça M. de S.t-Prix. Sachant que mon amie devait rentrer dans la soirée, je n'hésitai point à le recevoir. D'ailleurs M. de S.t Prix était un ami de la maison ; il venait à toute heure, et sans la préoccupation où j'étais, je me serais sans doute apperçue que j'étais l'objet de ses assiduités.

Quoiqu'il en soit, je n'en avais rien vu ; sa société me plaisait parce qu'il avait beaucoup d'esprit, et d'un esprit original qui ne ressemblait à celui de personne ; il me donnait une leçon

A 4

d'échecs dans le salon, quand le domestique que j'avais sonné, entra
avec une petite lettre à la main ; il
me la remet, et je reconnais sur l'a-
dresse l'écriture de Frégis.

Je renverse les échecs, je me rap-
proche d'une lumière qui est sur la
cheminée, et je déchire l'enveloppe
avec une vivacité impossible à peindre ; mes mains tremblent...., mes
yeux sont troublés, je distingue à
peine les caractères....; je crois me
tromper.... et les voilà ces mots ! ces
terribles mots que renfermait trop
véritablement ce fatal billet.

Ne nous revoyons plus, Eugénie...
Je n'en lus pas davantage, je tombe
sans connaissance sur le parquet; ma
tête a rudement frappé contre le pied
d'une table, et mon visage est couvert
de sang ; mais la douleur ne m'a pas
rendue à la vie. Et bien plus heureuse

dans cet état, qu'au retour de ma raison, je reçois sans les connaître, les secours empressés de M. de S.t-Prix.

Il a d'abord serré avec précaution cette lettre dont il a vu l'affligeant effet ; les domestiques m'entourent, on me porte dans mon lit ; mon amie revient ; mais je ne reconnais ni elle, ni aucune autre ; et quand je suis en état, vingt quatre heures après, de réunir mes idées, je supplie madame de Luzi de ne me faire aucune question.

Je ne veux ni boire ni manger, ni voir personne, et à la très-grande surprise de mon amie, M. Frégis, à qui on a mandé ma situation, a répondu avec toutes les apparences du regret et de l'honnêteté qu'il lui était impossible de venir.

Mon amie, toujours bonne, et

touchée de mon désespoir, ne sait quelle consolation me donner ; mais M. de S.t-Prix insiste sur le désir de me voir, et j'en témoigne aussi le désir.

J'avais trouvé sous mon oreiller la lettre de Frégis ; je présumais que M. de S.t Prix l'avait lue, et connaissait mieux que personne la nature de mes chagrins. Madame de Luzi vit que je désirais me trouver seule avec lui, et nous laissa.

Voici ce que renfermait en peu de mots le billet du docteur :

«Ne nous revoyons plus, Eugénie, » je ne vous ai point trompée, mais » je me suis abusé moi-même : je suis » indigne de vous et du bonheur que » votre tendresse m'avait réservé ».

Je ne me trompais pas, M. de S.t-Prix effrayé de ma situation, et déterminé à me rendre tous les services qui pourraient dépendre de lui, avait lu la lettre de Frégis.

La briéveté de cet écrit, ne lui permettait pas de comprendre si mon malheur était sans remède, ou s'il pouvait me rester quelques espérances ; et, dans ce doute, c'était sous le titre d'ami le plus généreux et le plus désintéressé, qu'il cherchait à se rapprocher de moi.

Je n'hésitai point à lui donner une entière confiance, et la raison m'ayant réellement abandonnée, je lui dis que j'aimais Frégis, qu'il m'aimait aussi ; que je serais sa femme *décidément*, quand on aurait éclairci le mystère inexplicable qui l'avait conduit à m'écrire une semblable lettre.

—Qu'exigez-vous de moi, me dit M. de S.t-Prix, avec une tendre compassion pour ma douleur?

— Que vous alliez chez Frégis,
que vous lui peigniez ma situation,
ma volonté irrévocable, et que vous
le rameniez près de moi.

— Chère Eugénie, cette démarche
convient-elle à une demoiselle de
votre rang, faite pour être recherchée
et obtenue comme une faveur ? Si M.
Frégis a abusé de votre confiance, ce
ne sont pas des offres qu'il faut lui
faire, et c'est à un galant homme à
lui montrer plus sévèrement ses devoirs.

— Frégis est mon époux, lui dis-je,
nos engagemens nous lient.

— Cela suffit, me dit S.t-Prix, dont
la figure exprimait la plus grande
agitation, je dois sacrifier mon amour,
mon bonheur, mes espérances, et
je ne trahirai point vos intérêts...

— S.t-Prix, songez que je l'aime !

— Promettez-moi de prendre quelque nourriture, quelques soins de votre vie.

— Je le promis, mais seulement à son retour. Il y avait trente-six heures que je n'avais pris une goutte d'eau; ma tête était vide, mes idées inco_ hérente ; j'avais compris que M. de S.t-Prix m'aimait, et je l'envoyais à mon amant.

Cette conduite était ridicule ou cruelle ; mais j'étais désespérée, et je ne raisonnais plus.

CHAPITRE II.

Monsieur de S.t Prix, qui était homme de qualité, et qui avait servi pendant sa jeunesse, était porteur d'une tournure et d'une physionomie fort distinguée. Il se fit annoncer chez le docteur, qui le reçut avec beaucoup d'égards.

— Monsieur, lui dit M. de S.t-Prix, d'un air sévère, le danger et le malheur de mademoiselle de Lomedy m'amènent chez vous. L'excellente réputation dont vous jouissez, me fait voir avec surprise, qu'après l'avoir séduite et vous être rendu maître de toutes ses affections, vous hésitiez à remplir les engagemens que vous prescrit l'honneur.

—Je pourrais peut-être vous deman-

der, monsieur, quels sont vos droits
sur elle ou sur moi, en venant chercher ici cette explication ; mais prêt à
vous prouver que je ne crains auprès
de personne les réparations qu'exige
l'*honneur*, je vais vous parler avec
sincérité ; mais veuillez bien me dire
avant, vous-même, comment vous
avez acquis la connaissance des sentimens que cette jeune et intéressante
personne veut bien m'accorder ?

— J'étais présent quand elle a reçu
votre lettre ; son désespoir et sa confiance m'ont éclairé, et votre propre
lettre, qu'elle ma remise, n'étant
pas en état de vous écrire elle même,
doit vous convaincre que c'est de sa
part, et avec plus de confiance que
de ressentiment, que je viens vous
trouver.

— Alors le docteur lui témoigna le
plus vif intérêt pour moi, et lui avoua

que j'avais à la vérité accepté l'offre
de sa main, qu'il m'avait faite de
bonne foi et avec le véritable désir de
la réaliser; mais il ne lui cacha pas qu'il
avait depuis deux ans une liaison fort
intime avec mademoiselle A * * *,
actrice de la comédie italienne. Cette
fille, extrèmement violente, avait eu
quelques soupçons de son mariage,
auquel il avait cru devoir même la
préparer; et depuis, elle lui avait té-
moigné tant de passion et tant de
douleur, qu'il n'avait pu se résoudre
à éloigner une femme qu'il avait autrefois si tendrement aimée. Elle ne
le quittait plus ni jour ni nuit, ne
connaissait point sa rivale qu'il ne
lui avait pas nommée ; mais Frégis
lui dit qu'il la connaissait capable de
la compromettre par un éclat scan-
daleux, et que ne sachant comment
se tirer d'une situation si embarrassante ,

sante , il m'avait écrit cette lettre dont j'avais droit de me plaindre , mais sans laquelle il eut infailliblement exposé ma réputation.

Frégis ajouta que nos relations ensemble ayant toujours été celles de la plus *sévère décence* , je ne pouvais lui reprocher au moins d'avoir oublié le respect qu'il me devait.

— Quoi ! lui dit M. de S.t-Prix , la passion qu'Eugénie témoigne pour vous , ne doit point être la preuve d'une entière intimité !.... M. Frégis, ne me trompez pas , je vous conjure , j'y prends un intérêt plus grand que vous ne l'imaginez.

— Je vous jure sur l'honneur que mademoiselle de Lomédy n'a point été à moi....

— Ah ! qu'importe reprit vivement M. de S.t-Prix , si elle vous aime ; si elle ne peut être heureuse que par

Tome III.   B

vous ! Tenez, docteur, les violences
d'une femme et la faiblesse qui vous
ramène peut-être encore à elle, ne
sont point des motifs suffisans pour
refuser une demoiselle charmante,
qui vous adore, et dont l'alliance est
honorable. Parlez moi sans détour,
vous êtes jeune, et votre fortune que
je ne connais pas, ne vous permet
peut-être pas d'oublier qu'Eugénie est
sans dot.

Qu'il me reste au moins la consolation d'avoir assuré son bonheur,
en vous offrant 5o mille francs, qui
lui seront comptés le jour de son
mariage avec vous.

Homme généreux, lui dit Frégis,
je pénètre vos sentimens et j'admire
votre conduite ; mais ces viles considérations d'intérêt sont loin de diriger
mes actions.

Dussé-je en rougir à vos yeux, je

sens que mon cœur n'est point dégagé
de ses premiers liens ; ma maîtresse,
qui n'a ni la jeunesse ni les avantages
de mademoiselle de Lomedy, a pris
sur moi un empire dont je ne sais pas
me défendre. Vous me paraissez homme du monde, M: de S.t Prix, peut-
être n'ignorez vous pas combien il est
dangereux pour un jeune homme
d'être amoureux de ces femmes har-
dies, séduisantes sous beaucoup de
rapports, enchainant quelquefois plus
par leurs caprices, par leurs vices
mêmes, que d'autres par leurs vertus,
souvent prêtes à nous être infidèles ;
mais ne voulant point être prévenues,
usant despotiquement de leurs droits,
n'ayant rien à ménager, ni à perdre ;
nous retenant encore par un éclat
indiscret, lorsque la puissance de
leurs larmes ne suffit pas.

Enfin Adèle me ruine, me tour-

mente, me trahit peut-être ; et, quand
déjà j'ai voulu la quitter , ce sont des
scènes à intimider un homme qui ne
peut se résoudre à maltraiter une
femme ; un homme comme moi surtout , d'un caractère doux , tranquille, ne pouvant souffrir le bruit ,
et redoutant d'appeler l'attention et
les regards.

Tant de faiblesse vous étonne
peut-être , et vous me demanderez
avec raison comment j'ai pu témoi-
gner de l'amour à mademoiselle de
Lomedy , dans une semblable situation, hé ! je n'ai à cet égard d'excuse
qu'elle-même ; vous savez, monsieur,
combien elle est jolie , aimable, naïve
et sensible ; je me livrais sans méfiance au plaisir d'alléger des souffrances qu'elle doit encore plus à la
vivacité de son imagination , qu'au
vice de son tempérament ; sa recon-

naissance a trop payé mes soins , j'ai connu qu'Eugénie m'aimait , et fier de sa tendresse , jeune , sensible moi-même , j'ai cru que ce sentiment nouveau me donnerait la force de sacrifier Adèle.

J'ai parlé à mademoiselle de Lomedy le seul langage qui me fût permis sans l'offenser ; j'ai demandé sa main , elle a daigné me la promettre , mais tenir cet engagement serait , sans aucun doute , exposer sa tranquillité et son bonheur.

— Ah ! je crains bien , reprit M. de S.t-Prix , que le mal que vous lui avez déjà fait ne soit irréparable ; cette jeune personne me parait douée des passions les plus vives. Des parens insensibles ont pris peu de soin de son éducation ; elle vit depuis l'âge de douze ans dans une indépendance absolue , la liberté avec laquelle elle vous voit sans cesse depuis six mois en est une nouvelle preuve, et je m'étonne que madame de Luzi n'ait pas eu pour sa jeune amie la crainte de ce qui est arrivé.

Quoiqu'il en soit, je crois Eugénie naturellement vertueuse et capable de remplir avec plus de fidélité que personne, ses devoirs d'épouse et de mère ; voyez-la, Frégis, et ne donnez pas à une passion dont vous rougissez vous-même, le pouvoir de vous rendre cruel pour un être intéressant, et qui ne pourra surmonter son désespoir.

— M. de S.t-Prix, vous me faites un mal affreux..., mais la voir, c'est impossible, ce n'est pas ainsi que je détruirais ses espérances.

— La malheureuse enfant ! mais docteur quelle réponse dois-je lui porter ?

— Vous paraissez si sensible ! qui mieux que vous pourrait la ménager.

M. de S.t-Prix renouvela ses offres avec instance et sans succès ; mademoiselle Adèle, ennuyée de cet entretien et cachée dans la chambre voisine, risqua de se montrer tout-à-coup, s'embarrassant peu de la mine sévère que voulait lui faire le docteur.

Elle salua M. de S.t-Prix avec tant de grace, s'excusa de l'interrompre, d'une manière si remplie de coquetterie et de finesse, qu'il ne put s'empêcher de convenir qu'elle était dangereuse.

Adèle n'était ni très-jeune, ni très-jolie, mais elle avait le *je ne sais quoi*, que notre langue devrait rendre en un seul mot, et que le visage d'une française explique si bien aux yeux de tous les étrangers.

CHAPITRE III.

HÉ bien ! hé bien ! m'écriai-je en revoyant M. de St. Prix , l'avez-vous vu ? que dit-il ! oh mon ami , mon véritable ami , ne me cachez rien.

— Eugénie , tâchez de vous calmer , votre pâleur m'effraie... , êtes-vous en état de m'entendre ?

— Est-ce donc la mort que vous m'apportez ?

— Le docteur a pour vous la plus grande estime , le plus vif intérêt.

— De l'estime ! de l'intérêt ! sont-ce là ses seuls sentimens ! et cet amour qu'il m'a juré , ces liens sacrés qui doivent à jamais nous unir...

— Eugénie , il me paraît que son père....

— Frégis

— Frégis a trente ans, il ne dépend plus de lui.

— Eugénie y a-t-il un âge où l'on ne doive plus craindre d'affliger l'auteur de ses jours ?

— Son père lui pardonnera.

— Eugénie, êtes-vous faite pour entrer dans une famille qui ne vous accueillerait pas ?

— M. de S.t Prix, vous ne connaissez pas l'amour ; toutes les considérations vous frappent, toutes les difficultés vous arrètent, et, mon désespoir, ma vie n'est rien pour vous.

— Que vous êtes injuste, et loin de connaître ce que je souffre..., mais enfin que prétendez-vous faire?

— Je le verrai, je lui parlerai, il me dira pourquoi il ne m'aime plus..., pourquoi il m'abandonne ; si je dois mourir, c'est lui même qui prononcera mon arrêt , qui me repoussera de ses bras... M. de S.t Prix , êtes-vous mon ami ? l'êtes-vous véritablement ?

— Mettez-moi à l'épreuve ; je jure de ne vous rien refuser.

— Je reçois votre serment : hé bien , S.t-Prix , je vais me lever , passer une robe , votre voiture est à la porte , conduisez-moi chez Frégis.

— Ne prendrez-vous rien , Eugénie ; vous pouvez à peine vous soutenir.

— Oui , oui , vous avez raison , j'ai besoin de forces ; je sonnai , je demandai un bouillon , du vin de Malaga ; on me servit à la hâte , je dévorais , et mon avidité inquiétait M. de S.t-Prix , qui voyait bien que tous mes mouvemens étaient agités et convulsifs.

En effet, je rendis l'instant d'après

tout ce que j'avais pris , mais je me
sentais la force de me lever , mon
ami passa un instant chez madame
de Luzi , lui dit qu'il allait me conduire chez mon médecin , qu'il ne
me quitterait pas , et qu'elle ne s'inquiétât pas de moi , quoiqu'à dire
vrai , je lui parusse fort malade et
violemment affectée.

— Mon cher S.t-Prix , lui dit madame de Luzi , n'abandonnez pas
cette malheureuse enfant , je dévore
en secret , et depuis long-tems les
inquiétudes qu'elle me cause , je
connais sa tête , je ne pourrais la
contenir , et je serais forcée de me séparer d'elle , mais son état m'afflige
beaucoup , et je la recommande à
votre amitié.

J'entrai en ce moment chez madame de Luzi , qui ne s'était pas fait
jusques-là une idée de ma situation:

C 2

mes yeux étaient égarés et fixes ;
mes lèvres , mes joues entièrement
décolorées , ma respiration courte ,
oppressée , mes paroles brèves , pré-
cipitées et sans suite ; je m'avançai
près d'elle , je la serrai contre mon
cœur , je baisai sa main , et je lui
répétai adieu , adieu ! je suis malheureuse ! oh je le suis beaucoup !

Mon amie regarda S t-Prix d'un
air qui voulait dire , sauvez la ; sau-
vez-la d'elle - même , dit-elle en se
couvrant les yeux de son mouchoir,
et j'entendis ses sanglots.

— Partons, dis-je à S.t-Prix , partons, je lui fais du mal..., à elle.., à
vous, à tout ce qui m'aime , cela est
affreux , mais cela finira.

Il était cinq heures du soir : nous
étions dans les jours les plus rudes
du mois de janvier , les chevaux
avaient peine à se soutenir sur la

glace, mais je ne sentais pas le froid,
ni l'impossibilité d'aller plus vîte.

Je criais au cocher d'avancer, je
voulais descendre, je désolais le pauvre S.t-Prix , qui me disait toute
sorte de choses tendres ou raisonnables , que je n'écoutais pas du tout.

Enfin je suis à la porte du docteur,
qui demeurait sur la place des Italiens , à un second étage : je ne parle
point au portier , je m'élance de la
voiture à l'escalier , je sonne , on ne
répond pas , et je me persuade qu'il
est chez lui , qu'il m'a vue et ne veut
pas m'ouvrir.

Alors je monte en courant deux
autres étages , j'ouvre une fenêtre,
je suis à l'instant de me précip ter...
M. de S.t-Prix , auquel je ne pensais
plus , m'a suivie, il est derrière moi,
il me retient par la robe , me parle
de ce ton sévère et dur que la pitié

C 3

（ 3o ）

même commande avec les insensés.., il m'ordonne de le suivre , se saisit de mon bras avec force ; je ne suis plus qu'étonnée , craintive ; je descends en silence , et il donne ordre à son cocher de me ramener chez moi.

Au nom de ma rue , qu'il a nommée , je retrouve mes idées , je jette un cri perçant : chez moi , chez moi , sans l'avoir revu , non , non , vous me trahissez , je ne rentrerai pas chez moi ; dans une heure , dans deux , dans quatre , je reviendrai chez lui , il sera rentré , il me verra , il m'entendra.

— Malheureuse enfant , vous me ferez aussi mourir de douleur !

— Vous m'avez juré de ne pas me refuser , S.t-Prix : ne me trompez pas.

— Hé bien chez moi , dit-il à son cocher... , et je fais un signe d'approbation.

M. de S.t-Prix qui passait presque toute l'année à sa terre, n'avait qu'un pied à terre à Paris, dans la rue du Mont-Blanc ; un vieux serviteur de confiance était le seul domestique qui l'attendît chez lui, nous le trouvâmes auprès d'un bon feu, qu'il nous céda, et je restai seule avec lui.

Nous ne parlions ni l'un ni l'autre, M. de St-Prix me regardait avec attendrissement et surprise, il ne comprenait pas qu'un petit être en apparence si délicat, si faible, eût des passions si violentes, une exaltation si forte, que la faiblesse physique ne la tempérât même pas. Mais il me voit tout-à coup saisie du plus terrible frisson, mes dents paraissent prêtes à se briser l'une contre l'autre, ma tête est brûlante, ce que je souffre est inexprimable.

S.t-Prix m'a couverte d'une redin-

gotte doublée de fourrure , elle ne
me réchauffe pas , je ne puis m'empêcher de me plaindre , tant mes
douleurs sont vives , mais je n'ai plus
de réflexion , je ne vois point ce qui
se passe autour de moi.

S.t Prix bassine son lit , m'y porte
dans ses bras et m'y place... Rien ne
m'étonne , rien ne m'affecte ; il me
ranime , me réchauffe , parvient à
me faire avaler quelques gouttes d'un
excellent vin vieux ; je reçois ses
soins... sans les repousser.. , sans y
répondre.. , et ce ne fut que plus de
deux grandes heures après que je fus
en état de me reconnaître.

S.t Prix était auprès de moi: Eugénie , me dit-il , il est beaucoup plus
tard que je ne le croyais ; il est bientôt
onze heures ; exigeriez-vous que je
vous menâsse à une telle heure chez
Frégis , chez un garçon...

— M. de S.t-Prix ! que me fait l'heure ? que voulez-vous qu'il me fasse...

— Et madame de Luzi , pensez-vous qu'elle soit sans de vives inquiétudes.

— Ce seront les dernières, vous le savez bien...

S.t Prix n'osa m'opposer une résistance inutile , il m'aida à m'habiller avec la plus sévère décence ; il était accablé de ma douleur et très-inquiet de savoir quelle serait la fin d'une situation si violente.

Enfin , il le faut, je le veux , et nous partons une seconde fois pour la place des Italiens.

CHAPITRE IV.

LE docteur Frégis m'aimait beaucoup moins sans doute que son Adèle,
puisqu'il était bien résolu de me sacrifier à cette femme ; mais s'il était
faible et dominé par cette dangereuse
sirène , il n'était pas insensible ; il
m'aimait aussi et prenait le parti de
s'étourdir pour ne pas trop s'affecter
du chagrin qu'il me causait.

Mademoiselle Adèle l'aidait de tout
son pouvoir à m'oublier , et il n'y
avait pas une heure qu'il était allé
souper auprès d'elle quand j'arrivai
chez lui. M. de S.t-Prix qui savait de
quoi le désespoir pouvait me rendre
capable et qui soupçonnait la vérité ,
était descendu de la voiture un moment avant d'être arrivé , il avait

donné deux louis au portier , qui
promit de l'aller chercher et de l'a-
mener sur-le-champ.

La femme du portier avait la clef
de l'appartement du docteur , elle
prit une lumière et nous y conduisit.

Quels sentimens j'éprouvais dans
cette même chambre, où Frégis m'a-
vait donné tant d'assurances de tendresse et d'amour , où nous avions
formé tant de projets d'union et de
bonheur ; je m'étais déjà crue chez
moi en venant chez lui, et j'y revenais
comme une étrangère , dont la présence n'est plus attendue, plus dési-
rée, et qui peut-être même va devenir
importune.

Qu'un juste orgueil m'eût été nécessaire en ce moment et m'eut épar-
gné de douloureuses folies ! mais
j'aimais Frégis , je l'avais adoré dès le
premier jour où je l'avais connu.

Entièrement conduite par cette fatale passion , tout le reste s'effaçait , tout ce qui n'était pas elle n'était rien.

J'ignorais heureusement que le docteur fut dans les bras d'une autre femme , car si les transports de la jalousie se fussent joints à mes tourmens , je n'y aurais sans doute pas résisté ; mais d'après la profession de Frégis , je crus aisément qu'il s'était rendu près d'une personne en danger ; il sortait rarement , mais une exception était possible , et comme une autre idée ne se présenta pas à mon esprit , je m'arrêtai à celle-là.

La présence de S.t-Prix me contenait ; je sentais que ce n'était qu'avec la dernière répugnance qu'il m'accompagnait dans cette blamâble et ridicule visite , et je me promettais d'y montrer moins de faiblesse qu'il ne m'en supposait : à dire vrai, je ne savais pas trop moi-même ce que je m'en promettais, ni ce que je venais faire chez le docteur, mais je souffrais un mal inexprimable, je voulais le voir.., je voulais souffrir devant lui..., et peut-être avais-je au fond de mon cœur l'espérance trompeuse et cachée que la pitié le rendrait à l'amour.

S.t-Prix, le coude appuyé sur la cheminée, me regardait tristement et en silence : Oubliant ma faiblesse, ayant cette force factice que donne le délire et la fièvre, je parcourais à grands pas l'appartement, et quand Frégis, que j'attendais depuis un quart-d'heure, entra, je fus aussi surprise, aussi troublée, que si je n'avais pas dû le prévoir.

Je fus à lui, je voulus lui parler, je sentis au cœur une douleur horri-

ble , elle m'arracha un cri perçant ,
et je tombai comme morte à ses
pieds.

Ce ne fut que par la suite que S.t-
Prix m'apprit ce qui s'était passé ;
car ce que devint mon ame pendant
un évanouissement profond et qui
dura cinq quarts-d'heure , c'est assurément ce que je ne pourrais pas
dire.

Quelqu'habitué que dût être le
docteur à des crises nerveuses et
violentes , il m'a dit depuis qu'il n'a-
vait jamais rien vu de semblable à
ma crise , ni d'état aussi douloureux
que celui de M. de S.t-Prix.

Pour lui , m'ayant senti les mains
et les lèvres entièrement roides ou
glacées , il crut que je venais d'ex-
pirer.

Frégis ne sentait plus le battement
de mon pouls ; une glace qu'on ap-

puyait sur ma bouche ne reçut nulle impression de mon haleine.

Le docteur effrayé fait venir la portière , les voisins , il devenait essentiel pour lui que ma mort fût au moins regardée comme naturelle ; on me prodiguait les secours , on pleurait autour de moi , car qui ne serait pas touché de voir une jeune et jolie personne de vingt ans , périr presque subitement avant d'avoir à peine goûté la vie.

Puis la portière soupçonnait quelque chose , elle avait peut-être dit un mot aux voisines.... Enfin , tout le monde pleurait.

J'ouvre les yeux pourtant : mon sang commence de nouveau à circuler , on redouble les secours , on éloigne les curieux , et la situation dans laquelle je me retrouve est plus difficile à peindre que le danger auquel je viens d'échapper.

S.t-Prix est à genoux devant moi ; la main qu'il tient est couverte de larmes ; Frégis, pâle comme la mort, paraît tout entier aux soins que ma résurrection exige , il me prépare une potion, me soutient la tête ; je les fixe l'un et l'autre d'un air serein et tranquille ; tous mes membres sont brisés et me font mal , mais je n'ai plus de douleurs , plus d'affections morales. Je me rappelle tout ce qui s'est passé jusqu'au moment où j'ai cessé d'exister... , mais seulement comme d'un songe terrible , et que le réveil a dissipé.

La nature a repris tous ses droits , il me semble que je suis sensible à l'existence et à tous les soulagemens qu'on peut me donner ; j'ai une soif dévorante , je bois avec volupté et délices ,

délices , mais je n'ai retrouvé que des sens ; mon cœur n'est plus ému de rien.

Oh ! qu'on est loin de convenir dans les premières illusions de la jeunesse et de la vie , de ce rapport immédiat des affections morales et physiques ! comme l'orgueil se plaît à nous faire croire qu'il est une partie de nous-même, si indépendante , si supérieure à l'autre ; mais dans ce rêve des passions auxquels notre organisation donne plus ou moins de force , qu'on serait désabusé si on connaissait ce que peut produire ou l'abattement d'une longue maladie , ou la secousse violente d'une révolution intérieure.

Le pauvre S.t-Prix faisait éclater la joie la plus vive ; aux excuses, aux amitiés qu'il faisait au docteur , il me fut aisé de voir que me croyant victime de mon amour pour lui , il l'avoit maltraité ; Frégis ne répondait presque rien , son embarras et son chagrin étaient visibles.

Enfin S.t-Prix me dit tout bas et avec crainte , ma chère Eugénie , il est une heure du matin...

— Hé bien ! mon ami, allons nous en , lui dis-je avec une force qu'il n'attendait pas de moi ; mais en jetant les yeux sur Frégis , sur ce lieu que probablement je ne devais plus revoir , je sentis renaître une violente impression de douleur.

M. Frégis , lui dis-je, je sens que je tiens depuis quelques jours une conduite insensée ! oublions - en tous deux la cause et n'en reparlons jamais ; mais ne plus vous revoir , vous quitter pour toujours , c'est impossible, et il me reste une grace à vous demander.

— Ne dites pas une grace , chère Eugénie , dites un ordre.

— Jurez-moi ici , et en présence de S.t Prix , que votre porte ne me sera jamais fermée ; tous les jours , et à midi précis soyez chez vous , je vous verrai un moment, un seul moment, le tems fera le reste.

Frégis pouvait avec quelques raisons redouter une scène semblable à celle qu'il venait d'éprouver chez lui , il hésita...

Mais M. de S.t-Prix qui avait des mouvemens sublimes de dévouement et de générosité , prit ce ton de dignité et d'exaltation qui lui convenait à merveille :

— Oui docteur , oui , lui dit-il , il faut le jurer ; ne pas exposer une seconde fois la vie de cette malheureuse enfant , en l'irritant par de nouveaux refus ; vous voyez , dit-il

avec véhémence , ce que peut déjà
la raison sur elle . puisqu'elle se réduit aux droits de la plus pure , de la
plus simple amitié.

Je n'avais pas dit un mot de cela ,
mais cette tournure très-adroite pro-
duisit tout l'effet que S.t-Prix en
devait attendre ; en conservant des
relations d'amitié avec Frégis , mon
cœur n'était plus brisé par l'idée in-
tolérable d'une rupture absolue; je
pris à la lettre ce que ce bon S.t-Prix
disait de ma *raison* , je crus que
j'avais réellement quelque mérite à
me restreindre à l'amitié , cela me
raccommoda avec moi-même et m'em-
pêcha de rougir vis-à-vis de ces deux
êtres , témoins de ma folie et de ma
faiblesse.

Enfin j'en sçus le plus grand gré à
S.t-Prix , qui avait sans doute fait un
très-grand effort en appuyant une

demande qui paraissait contraire aux intérêts de son amour.

Le docteur pressé par l'air dont nous attendions sa réponse , n'osa refuser , il me jura de m'attendre tous les jours à midi.

Et je le quittai avec calme pour retourner chez mon amie.

CHAPITRE V.

MADAME de Luzi était couchée,
lorsque je revins à l'hôtel ; après m'a-
voir long tems attendue, elle avait
craint de laisser pénétrer son inquiétude aux domestiques , et de faire
naître sur mon compte quelques
soupçons , en conséquence elle fit
dire au portier , que je ne rentrerais
pas.

Le bon homme s'énivra , et s'en-
dormit si bien , que j'eus toutes les
peines du monde à le réveiller , le
froid était extrême, et j'avais affreu-
sement souffert depuis quelques heures ; mais telles sont les facultés et
les ressources de la jeunesse , que
m'étant jetté toute habillée sur mon

lit, j'y dormis huit heures de suite
et sans me réveiller.

Mon amie m'avait trouvée dans cet
état le matin, et s'était retirée sans
bruit.

Fidèle à son système de discrétion,
elle ne m'interrogea pas, me traita
bien, et me laissa prendre, comme
de coutume, la voiture qui me con-
duisait chez le docteur.

C'est dans cette circonstance que
j'éprouvai combien les ménagemens
sont essentiels, à de certains caractères.

Mon retour chez Frégis, n'avait pas
le sens commun, et devait rendre mes
intentions équivoques, mais si on
eut employé l'autorité, ou quelques
violence, pour m'en détourner, il
est certain que je me serais échappée,
que j'aurais compté pour rien, toutes
les imprudences, les soupçons ou les

reproches. Je l'aurais revu au péril même de ma vie , telle eut été l'effet de la dangereuse indépendance , à laquelle j'étais accoutumée ; mais la nature m'avait heureusement donné des inclinations honnétes, que la confiance surtout déterminait au bien ; je ne me dissimulais pas que la sévérité de ma conduite pouvait seule en diminuer l'inconséquence. Et qu'aller importuner de mes larmes , et de mon amour, un homme qui ne voulait pas m'épouser, c'était tout au moins autoriser des offres moins honorables , et dont je me serais trouvée profondément humiliée de la part de Frégis , qui avait été maitre d'unir son sort au mien. Je suivis donc l'invincible penchant de mon cœur en revoyant le docteur , mais je me montrai chez lui avec tant de calme et de décence, qu'il ne lui fut pas possible de se

tromper

tromper sur mes dispositions, je n'eus
aucune explication sur ce qui s'était
passé la veille, et je crus voir que
cette conduite faisait plus d'impression sur lui, que le désespoir dont il
avait été témoin.

— A demain, lui dis-je après une visite de quelques minutes seulement,
et je m'en retournai contente et parfaitement soumise à mon sort.

St.-Prix m'attendait dans mon appartement ; et notre situation réciproque, ne laissait pas que d'être fort
embarrassante, mais sa conduite in-
dulgente et généreuse, m'avait sen-
siblement touchée ; j'avais besoin
qu'il restât mon ami, le confident de
mes peines, le témoin de la victoire
que je voulais remporter sur moi-
même, et je me décidai à lui parler
avec cette franchise, qui pouvait
bannir toute contrainte entre nous.

St.-Prix, lui dis-je, je viens de voir
Frégis ; tant de faiblesse vous étonne
sans doute et me nuit peut-être dans
votre estime ; le tems vous fera connaître pourtant que je suis incapable
d'abuser de cette complaisance que
j'ai envers moi-même.

— Eugénie ! est-ce à moi de m'é-
tonner de l'empire et de la bisarrerie
des passions.. ? à moi , qui vous connais tant d'amour pour un autre , et
qui ne puis m'empêcher de vous
adorer.

— Nous reviendrons tous deux à
des sentimens plus raisonnables ; j'i-
gnore ce qui a produit une si grande
révolution dans mes idées , mais je
l'éprouve, et j'attends tout du tems.

— Me défendez vous d'espérer , de
croire que mes soins et ma persévé-
rance pourront vous inspirer quelque
retour ?

— S.t-Prix, je ne suis pas dans une situation où je puisse refuser ou promettre quelque chose ; j'aime Frégis plus que tout au monde , et je ne dois peut-être la tranquillité où vous me trouvez aujourd'hui , qu'à la certitude de le voir tous les jours ; cette idée me console , me soutient ; c'est sans doute par le prix que j'y attache que j'ai cessé de former aucun autre désir.

— Eugénie que votre sincérité est cruelle.

— Ce qui me reste à vous dire l'adoucira ; j'espère , je veux , je crois guérir de ce fatal amour , et si cet effort n'est pas impossible ; personne ne me paraît plus fait que vous pour consoler et fixer mon cœur.

— Mon amie , promettez-moi que vous souffrirez mes assiduités ; que

E 2

vous m'accorderez votre entière confiance.

— Vous connaîtrez mes plus secrètes pensées , je vous le jure , mais n'exigez aucun sacrifice ; je ne m'engage à rien , et si je ne pouvais devenir infidèle à Frégis , vous ne m'accuseriez point de votre malheur.

Je ne sais si S.t-Prix connaissait assez le cœur des femmes pour ne pas craindre ce malheur , mais il s'établit entre nous une union très-douce de mon côté et très-ardente du sien.

Je ne passais aucun jour sans aller chez le docteur ; mais je le voyais sans but , sans projet , cherchant à mettre le calme et l'habitude à la place du bonheur que je m'étais promis.

Au bout de trois mois enfin je fus en état de l'interroger et de lui parler sans trop d'émotion de ce qui s'était

passé entre nous ; je n'avais jamais
pu croire que la crainte de désobliger
son père eût été suffisante pour le
faire renoncer à notre union, et S.t-
Prix, dans la crainte d'ajouter à mon
malheur, s'était absolument refusé
à me dire autre chose.

J'eus donc à cet égard une conversation douloureuse, mais que
Frégis sut adoucir en se plaignant
amèrement de la chaîne qu'il ne savait pas rompre; son Adèle lui faisait
cent sottises; elle s'était mis dans
la tête de partager son appartement
et de faire ménage avec lui.

Il était pourtant parvenu à lui per-
suader qu'il devait répondre par la
discrétion la plus grande, à la confiance de ses malades, et elle avait
promis de ne jamais l'interrompre
quand il serait dans son cabinet ;
mais il avait souvent redouté qu'elle

E 3

ne suspectât l'exactitude de mes vi-
sites , et n'inventât quelques ruses
pour s'introduire lorsque j'étais chez
lui.

Frégis était faible et malheureux ,
mais il était dominé , et conservait
pour cette fille un penchant qui ne
lui permettait pas de l'abandonner.

Mille choses tendres et flatteuses
m'assurèrent qu'il sentait son inconséquence ; il avait pour moi une
toute autre estime que pour sa maîtresse ; nous nous promîmes une
éternelle amitié , à cette époque où
mon cœur toutefois lui accordait
beaucoup davantage et ne dissimu-
lait qu'avec peine un sentiment plus
vif.

Cet entretien donna lieu à plusieurs
autres , dans lesquels le docteur me
parla de S.t-Prix avec les plus grands
éloges ; ce fut alors seulement que

j'appris qu'il lui avait offert cinquante
mille livres pour ma dot , quoiqu'il
parut passionnément amoureux de
moi ; ce procédé, si romanesque et
si noble , me fit une profonde impression, et ce que je croyais décou-
vrir tous les jours de son caractère ,
me disposait également à l'aimer ;
j'estimais surtout en lui respect et
la réserve dont il ne s'écartait point
avec moi ; cette délicatesse était le
cachet du véritable amour , qui vit
de privations , de sacrifices , et ne
veut rien obtenir que du cœur ; mais
avant de passer à un portrait plus dé-
taillé de S.t-Prix , qui renfermait en
lui-même de grands contrastes , je
dois placer ici les nouveaux événemens qui devaient influer sur ma
destinée.

E 4

CHAPITRE VI.

FABRICE et son père étaient de retour de leur voyage en Italie ; le premier, après avoir passé vingt-quatre heures seulement avec nous , allait rejoindre son régiment , et M. de Luzi , malgré ses efforts pour le cacher, avait perdu une grande partie de sa gaîté naturelle ; elle avait été toute sa vie si soutenue et si remarquable qu'il était naturel que madame de Luzi s'en inquiétât , car elle avait une grande amitié pour lui.

Mon amie m'avait chargée de le voir en particulier et de chercher à pénétrer son secret , mais je n'en eus pas besoin.

M. de Luzi entra chez moi un matin , et me dit d'un air accablé : —

Ma chère Eugénie , j'ai une triste commission à vous donner , mais je ne connais que vous capable d'adoucir la pénible nouvelle qu'il faut donner à madame de Luzi.

— Ah ! rien ne peut lui être plus sensible que la manière dont elle vous voit affecté depuis votre retour.

— Eugénie , me dit-il , ce n'est pas pour moi que je m'afflige , mes goûts sont simples , mon bonheur est facile , mais madame de Luzi est accoutumée à l'aisance , elle m'a apporté beaucoup de fortune en mariage... et nous sommes ruinés.

— Ah ciel !... entièrement ruinés !

— Mon homme d'affaires m'assure qu'il nous restera , mes dettes payées, douze mille livres de rente ; j'en avais cent ; jugez de la différence , ma chère Eugénie ; encore faut-il pour les avoir que nous vendions la terre de Verbois.

Mon amie avait une prédilection infinie pour cette habitation charmante ; elle s'était crue assez riche pour y faire des embellissemens considérables ; elle parlait d'y retourner de jour en jour. En imaginant l'extrême douleur qu'elle allait éprouver, mes larmes coulèrent avec amertume.

Monsieur de Luzi me fit bien du mal en y joignant les siennes ; c'était les premières qu'il eut versées de sa vie , et ne songeait en aucune manière à lui-même.

— Ma chère enfant , me dit-il , vous ne nous quitterez pas j'espère : c'est dans le malheur qu'on a besoin d'amis.

Je l'embrassai avec toute l'affection d'une fille sensible ; mais dans ce malheur qui le réduisait aux plus grands sacrifices , pouvais-je rester à la charge de mes amis comme je l'étais depuis plusieurs années ?

Monsieur de Luzi entra dans beaucoup de détails sur ce qui avait causé sa ruine : c'était encore moins la banqueroute d'un particulier auquel il avait prêté de confiance et sans intérêt une très-forte somme , que l'extrême insouciance qu'il avait eue pour ses affaires.

Il y avait près de vingt ans qu'il n'avait réglé aucun compte avec son intendant ; cet homme , très-âgé et tombé dans l'enfance , ne se mêlait plus de rien ; son fils travaillait et volait en son nom ; M. de Luzi demandait des fonds sans cesse , on les lui envoyait à l'instant et sans qu'il sût par quels sacrifices cette exactitude était possible ; bref, M. Lambert

venait d'acheter une fort jolie terre
en Brie, et M. de Luzi était obligé de
vendre la sienne. C'était ainsi que
s'éteignait souvent la fortune des
grands seigneurs qui, ne voulant pas
trouver de résistance dans leurs désirs, couraient joyeusement à une
perte que la réflexion ne leur faisait
jamais prévoir.

Mon amie avait beaucoup de philosophie, une grande force dans le
caractère ; et c'était par suite de son
extrême désintéressement qu'elle ne
s'était jamais mêlée de sa fortune ;
son mari lui faisait croire qu'il s'en
occupait sérieusement, et rien au
monde ne l'avait préparée à ce malheureux événement.

— Faut-il vendre Verbois ? me dit-
elle avec émotion, quand j'eus en-
tamé ce pénible entretien ?

Je n'osai répondre, et la pressai

dans mes bras avec bien plus de faiblesse qu'elle n'en avait elle-même...

— Et mon fils , mon pauvre Fabrice, et vous-même, Eugénie, vous
à qui j'espérais toujours..., et quelques larmes tombèrent de ses yeux ;
mais s'empressant de les essuyer et
de retourner à d'autres souvenirs :
— N'ai-je pas déjà perdu bien plus
que ma fortune !... aurais-je des larmes pour une autre douleur ! et
comme si elle se fut reprochée de
regretter autre chose que son amant ,
elle ne montra plus dès ce moment
qu'une fermeté inconcevable et qui
ne se démentit jamais.

Elle ne fit aucun reproche à son
mari ; s'occupa de toutes les réformes
nécessaires , et se montra supérieure
à toutes les femmes dans cette circonstance , comme elle l'avait été
habituellement toute sa vie ; mais si

le courage empêche de se plaindre , il n'empêche pas de souffrir, et chaque moment de la journée amenait des détails bien douloureux.

Pénétrée des chagrins de mon amie , j'allais plus rarement chez Frégis , je ne m'occupais plus de moi-même , et je ne trouvais de distraction et d'intérêt que dans les petits services que je pouvais rendre à madame de Luzi.

Je ne pouvais jamais m'acquitter envers cette excellente femme , qui m'eût tenu lieu de la mère la plus tendre , si elle eût voulu être moins imposante et moins susceptible en amitié ; la crainte qu'elle m'inspirait m'avait conduite à la dissimulation , sans pourtant que je lui fusse moins sincèrement attachée.

S.t-Prix , que mon amie aimait et estimait beaucoup , ne nousquittait

presque plus. Elle aurait sans doute
soupçonné son amour pour moi , si
elle n'avait été très-persuadée qu'il
était confident de ma passion pour
un autre ; mais concevoir une telle
contradiction , était au-dessus de son
intelligence ; aussi ne prenait-elle
aucune inquiétude des soins qu'il me
rendait. S.t-Prix était un homme de
quarante-trois ans : c'était plus du
double de mon âge , et elle lui savait
gré de son intérêt pour moi; d'ailleurs
quoiqu'il ne fut pas marié , il avait
ramené des îles une créole , qui depuis vingt ans demeurait avec lui
dans sa terre , et avec la plus grande
intimité.

Cet amour , qui datait de si loin ,
pouvait bien être à son terme , mais
cela n'entrait pas dans les idées de
mon amie , qui croyait du fond du
cœur que tout ce qui était honnête
devait sentir et penser comme elle.

CHAPITRE VII.

Monsieur de S.t-Prix était Anglo-Américain, né d'un père puissamment riche ; il était devenu orphelin dès l'âge de douze ans ; très-précoce pour l'amour , doué d'une imagination ardente , d'un caractère décidé , entreprenant, les obstacles changeaient en passions ses plus faibles désirs.

Rempli d'honneur , de probité et de délicatesse , il se laissait pourtant entraîner aux fautes les plus graves.

Mécontent alors de se trouver coupable , malgré le véritable désir d'être vertueux , il défendait ses égaremens par des sophismes , ou croyait les réparer par des sacrifices exagérés , indiscrets , et quelquefois incompatibles avec d'autres devoirs.

Le

Le premier événement de sa vie le
peignait dans toute son inconséquence ; et je dois d'autant plus le
faire connaître ici, qu'il n'eut que de
trop grands rapports avec mon propre sort.

M. de S.t-Prix , à peine âgé de
dix-huit ans., et particulièrement lié
avec M. le marquis de Fening , n'a-
vait pu se défendre de la plus forte
passion pour la femme de son ami.

Jeune , vif, galant , riche , amoureux comme un fou , il avait plû à la
belle Clorinde, qui n'avait jamais eu
que des bontés sans amour , et des
complaisances pour son mari.

S.t-Prix était au désespoir de trahir son ami , et le remord qu'il en
avait , troublait son bonheur ; mais
comment résister à une femme charmante , qui n'avait oublié ses devoirs
que pour lui , et qui montrait la plus

ferme volonté d'attenter à sa vie, s'il songeait jamais, par quelque motif que ce fut, à s'éloigner d'elle ?

Clorinde, élevée dans ces climats brûlans, ne trouvait pas grand mal à l'amour, et s'y abandonnait avec tant d'emportement, qu'elle avait peine à s'assujettir à toutes les contraintes que lui prescrivait la prudence.

Enfin, le marquis de Fening s'apperçut qu'il était trompé par les deux êtres qui lui étaient le plus cher, et fut trouver S.t-Prix avec un vif ressentiment.

Celui-ci en éprouva une sorte de joie : — J'ai dû me taire, dit-il à son ami, et ne point compromettre près de vous la femme intéressante que j'ai osé séduire ; mais ne pensez pas, Fening, que j'aie joui avec tranquillité d'une félicité si criminelle ! En voyant

chaqque jour votre confiance , votre
affeection , je me haïssais moi-méme
et j'c'eusse appelé votre vengeance sur
ma 1 téte si elle n'eût pu frapper que
moi i seul ; mais puisque le ciel n'a
pas 1 permis que mon crime restât se-
crett , songez , Fening , à sacrifier un
couppable qui n'a pu vaincre sa fatale
passsion pour votre épouse , qui vous
a lâchement trahi en employant tous
ses efforts pour captiver son cœur ;
maiss terminez mes remords en sacri-
fianut ma vie... ; frappez , lui dit S.t-
Prixx , en découvrant sa poitrine et
lui 1 présentant la garde de son épée ,
frapppez sans pitié... ; c'est dans mon
sanug qu'un époux , qu'un ami juste-
mennt offensé , doit laver son outrage.

—— Me prenez-vous pour un assas-
sin , monsieur , et pensez vous me
fairee trop d'honneur en vous mesu-
ranut avec moi.

— Les lois de l'honneur exigent-
elles que j'expose encore vos jours ,
lorsque c'est moi qui vous ai offensé ?

— Le bien que vous m'avez ravi
m'était plus cher que l'existence , et
vous n'avez plus le droit de vous y
intéresser ; partons, nous avons cessé
d'être amis.

— En ce cas , dit S.t-Prix avec
douleur , quel que soit le sort des armes , vous êtes déjà vengé.

Monsieur de S.t-Prix et le marquis
se retirèrent à l'écart ; égaux en force ,
en adresse , en courage , le combat
resta long-tems incertain ; mais S.t-
Prix ne faisait que parer les coups ,
et ces ménagemens irritaient M. de
Fening.

Enfin S.t-Prix reçut une blessure
dangereuse dans le côté et tomba
baigné dans son sang : — Cher Fening , lui dit-il , je vais mourir, dites

que vous pardonnerez pour l'amour de moi à Clorinde.

— Tout est possible, S.t-Prix, hors de rendre son estime à qui n'en fut pas digne ; mais, hélas ! ne nous occupons que de vous seul. On prodigua les secours à S.t-Prix, qui fut pendant six semaines dans le plus éminent danger.

Pour Clorinde, qui pendant ce tems n'osait ni le voir, ni lui écrire, dans la crainte qu'une trop grande émotion ne terminât sa vie, elle se fit une gloire d'avouer ses sentimens pour son amant ; elle ne voulut plus voir dans le marquis qu'un homme féroce, qui avait immolé son meilleur ami : loin de chercher à obtenir son pardon, elle lui jura une haine éternelle.

Monsieur de Fening était naturellement sensible et généreux, mais

croyaant voir dans cette conduite une
corruption profonde et capable de
déshtonorer son nom , il prit contre
son éépouse les mesures les plus sé-
véress.

Clœrinde ne montra nul désir de
s'y soustraire, ni de l'appaiser ; mais
elle gagna , à prix d'or , un esclave ,
qui se chargea de remettre une lettre
à S.t-Prix , dès qu'elle fut assurée
de sa convalescence ; voici ce qu'elle
lui mandait :

» Vous avez satisfait, monsieur , à
» la barbare réparation que M. de
» Fening exigeait de vous ; l'honneur
» est satisfait, et les hommes toujours
» intéressés aux préjugés qu'ils éta-
» blissent, ont prévu que leur ressen-
» timent pouvait au moins s'éteindre
» dans le sang.

» Mais un être faible, séduit , com-
» plice de votre faute , et pour jamais

» malheureux par elle , doit-il souf-
» frir jusqu'à la mort, sans oser ré-
» clamer les secours et l'appui de
» celui qui l'a perdu :

» Mon mari vous a donné un coup
» d'épée , vous avez pensé perdre la
» vie , vous êtes puni ; il est vengé ;
» il ne vous reste qu'à me fuir , à
» m'oublier , à me laisser au pouvoir
» d'un homme vindicatif , cruel , et
» qui peut compter mes jours par
» mes douleurs.

» Tel est mon sort avec M. de
» Fening , que j'abhorre , et qui ne
» me pardonnera *jamais*.

» Si votre ame reconnaît et conçoit
» ces lois du véritable honneur , qui
» sont au-dessus de l'opinion et du
» jugement des hommes , ces lois
» naturelles et justes qui prescrivent
» à l homme de protéger un être plus
» faible que lui , et sacrifié *par lui* ;

» voyez ce qu'il vous reste à faire ,
» je le réclame au nom de l'honneur ,
» dédaignant même d'y ajouter les
» instances et les séductions de l'a-
» mour.

CLORINDE , *marquise de Fening.*

Cette lettre fit la plus profonde impression sur le caractère chevaleresque de S.t-Prix ; il avait offert sa vie pour réparer sa faute , il ne lui restait plus de devoir à remplir envers son ami.

Mais Clorinde souffrait , Clorinde l'appelait à son secours ; devait-il l'abandonner à son sort , n'avoir qu'un inutile courage contre lui-même , quand il pouvait la rendre à la tranquillité , comme au bonheur.

Non , non , dit-il , il ne serait pas juste que je ne souffrisse que quelques jours d'une erreur qui empoisonnerait toute sa vie.

Si

Si je consultais ces hommes froids
et qu'on croit sages, j'hésiterais sans
doute à enlever ma maîtresse, à
compromettre ma fortune, à quitter
pour jamais mon pays ; on me par-
lerait des regrets qui peuvent suivre
de pareils sacrifices ; mais quand
mon esprit me les présente, que ma
conscience y applaudit, c'est elle
seule que je dois croire et consulter ;
il ne s'agit même pas que cela me
rende heureux, que cela serve ou
que cela nuise à mes intérêts. Je n'ai
pas pris conseil de ma raison pour
la séduire, je n'en prendrai pas pour
la sauver.

Ce fut à l'aide de ces faux raisonnemens, dont toutes les bases lui
paraissaient nobles et généreuses,
que S.t Prix trouva légitime d'enlever
la femme de son ami. En moins de
huit jours il trouva des sommes con-

sidérables sur ses propriétés ; il n'était
pas encore majeur ; et ce fut aux
conditions les plus onéreuses qu'il
les engagea , mais rien ne l'arrêta.
Il fit prévenir Clorinde qu'un bâti-
ment qui retournait en Angleterre,
partait sous deux jours, et que toutes
les mesures étaient prises pour son
enlèvement.

Clorinde , estimable sous quelques
rapports , ne voulut point se séparer
de trois enfans en bas âge qu'elle avait
eus de M. de Fening ; elle se rendit
avec eux au lieu du rendez-vous ,
n'emportant d'autre fortune qu'un
écrin de cinquante mille écus.

S.t-Prix ne vit rien que de sensible
et de raisonnable à se charger des
enfans de son amie, et le voyage fut
aussi heureux que s'il eût été favorisé
du ciel.

Les revers qui réduisirent à quinze

mille livres de rente la fortune de
S.t-Prix , et qui l'amenèrent en
France avec sa nouvelle famille , ap-
partiennent à son histoire , et m'é-
loigneraient trop de la mienne pour
que je pusse en faire le récit.

Je dirai donc seulement que S.t-
Prix , partant à dix-huit ans de S.t-
Domingue , avait acheté , depuis
vingt ans , un petit château sur les
bords de la Meuse; madame de Fening,
dont le mari vivait toujours , mais ne
la réclamait pas , y demeurait habituellement avec lui ; elle s'y com-
portait bien (ce qui veut dire qu'elle
n'aimait que lui) , élevait avec tendresse ses trois filles , qui devenaient
grandes et jolies; S.t-Prix , incapable
de regretter tout ce que cette fatale
passion lui avait coûté , avait pour
madame de Fening les meilleurs pro-

cédés possibles , mais elle avait mis au monde un enfant depuis sa fuite.

Le changement de climat, les suites malheureuses de cette couche , les années, quelques ennuis , les négligences de la toilette , avaient fait une autre femme de Clorinde ; elle n'était plus jeune , plus fraîche , plus jolie, S.t-Prix la voyait tous les jours et depuis vingt ans ; faut-il ajouter qu'il en était réduit à l'amitié.

CHAPITRE VIIL

C'ÉTAIT de M. de S.t-Prix lui-même
que nous tenions ces détails, trop
analogues au caractère de mon amie
pour ne pas avoir établi depuis long-
tems sa confiance et son intérêt pour
lui ; elle avait une estime particulière
pour madame de Fening , et désirait
souvent que quelques circonstances
la rapprochassent d'elle ; pour S.t-
Prix , à qui je parlais souvent de
cette liaison, il semblait me dire avec
une extrême sincérité ce que j'en
devais penser ; madame de Fening ,
me-disait-il , est plus âgée que moi ,
elle est mère d'une demoiselle de
vingt ans, et son cœur véritablement
très-sensible est tout entier à l'amitié
comme à la nature ; nous avons

G 3

épuisé l'amour dans un commerce intime, et que rien n'a contrarié depuis si long-tems; mais si j'avais le bonheur d'inspirer le sentiment que j'éprouve, je suis sure qu'elle aimerait mon amie, et se contenterait sans effort de l'affection et de la reconnaisance que je conserverai toujours pour elle.

Je n'avais pas assez réfléchi sur les effets de l'amour-propre et de la jalousie, pour savoir connaître ce qui survit aux passions; quarante ans me paraissaient d'ailleurs un âge avancé dans une femme, et tout à fait incompatible avec les plaisirs de l'amour.

J'en concluais que S.t Prix était libre, et que dans le cas où je répondrais à ses sentimens par une égale tendresse, Clorin de m'aimerait et ne s'éloignerait jamais de nous.

Les jours s'écoulaient sans améner
de changemens sensibles à notre
situation , je voyais moins Frégis ,
je l'aimais encore , mais sans exagération , sans délire ; je savais qu'il
aimait ailleurs , que mon bonheur
avec lui était impossible , et quoiqu'on
en puisse dire , l'amour ne se soutient que par l'espérance ; la mort ,
une absence indéfinie , laisse de pro-
fonds souvenirs, de sensibles regrets ,
mais ce n'est pas de l'amour , et je
n'en avais plus pour le docteur.

Madame de Luzi s'était déterminée
à louer une partie de son hôtel; mon
père et ma mère demandèrent la
préférence , et vinrent habiter avec
nous.

Nous étions aux premiers jours
d'un printems froid , pluvieux et qui
ne permettait pas encore de regretter
le séjour de la campagne. On soupait

chez mon amie à dix heures pré-
cises , et nous allions nous mettre
à table lorsqu'un commissionnaire
m'apporta un billet , en me disant
qu'il exigeait une réponse.

Je reconnus l'écriture de S.t-Prix ,
et je passai dans mon appartement.

« Ma chère Eugènie , m'écrivait-
» il , je suis dans le délire du déses-
» poir , et dans toutes les anxiétés
» de l'incertitude , je vous conjure
» par tout ce qui vous est cher , de
» prendre une voiture de place et
» de vous rendre secrètement chez
» moi ; je dois vous parler , vous
» revoir, *un seul moment*, c'est peut-
» être le dernier ; par pitié n'hésitez
» pas. »

Hésiter ! hésiter ! quand mon ami
était au désespoir , quand je pouvais
m'acquitter , par cette légère complaisance , de la conduite généreuse

qu'il avait tenue envers M. Frégis ?
oh ! non, sans doute, je n'hésitai pas.

Le même commissionnaire qui
m'apportait cette lettre, fit avancer
une voiture ; je me glissai dans la
cour , sans être vue du portier , sans
parler à personne , et j'arrivai rue
du Mont-blanc , où j'étais attendue
avec une vive impatience ; je trouvai
S.t-Prix dans un tel trouble qu'il ne
me fit pas d'abord entrer ; des pistolets nouvellement chargés étaient
sur la cheminée, il marchait à grands
pas , le dos tourné à la porte ; j'allai
me jeter dans ses bras , car j'étais
moi-même dans une grande émotion.

— Elle se meurt , elle se meurt ,
me dit S.t-Prix ; je l'ai abandonnée,
je me suis étourdi sur son état ; si
elle périt sans me revoir , ses derniers
momens seront affreux , et je ne m'en
consolerai jamais.

— Si vous parlez de madame de Fening, lui dis-je, rien ne vous empêche d'aller la rejoindre, vous lui devez les plus tendres soins ; toute sa vie fut à vous, S.t-Prix.

— Adorable amie, j'étais sûr de recevoir de vous ce conseil, et j'ose pourtant croire aujourd'hui qu'il ne vous est pas dicté par l'indifférence ?

— Non, mon ami, votre absence m'affligera ; mais un devoir si cher, si sacré....

— Je suis un malheureux, un monstre indigne des êtres célestes que mon destin m'a fait rencontrer : oui, mon devoir est de partir, mais cet effort est impossible ; si je vous quitte, Eugénie, je ne vous reverrai jamais, j'en ai l'affreux pressentiment ; songez qu'un espace de soixante lieux sera entre nous, que madame de Luzi a des projets de

voyage.... Alors, Eugénie, où serez-
vous ? où vous retrouverai-je ? que
deviendront ces faibles sentimens
que vous m'accordez aujourd'hui ?
non ! je ne vous quitterai point.

— Et si vous aviez le malheur de
perdre votre amie....!

— Alors, me dit S.t-Prix, en sai-
sissant un de ses pistolets, je lui
ferais justice de ma cruauté ; une
balle, une simple balle dans le cer-
veau met fin à toutes ces contradic-
tions ; quand on ne sait point accorder
ses sentimens et ses devoirs, quand
on est consumé par l'amour et qu'on
est faiblement aimé, qu'est-ce que
la vie ?

— Mon cher S.t-Prix, calmez-vous,
éloignez cette arme, ces sinistres
projets, qui me font frémir, n'est-
il pas quelques moyens ?

— Oui...., mon amie, il en est un,

un seul.... Mais je ne dois ni l'espérer,
ni vous le faire connaître, vous me
puniriez de ma témérité...

— Parlez, S.t-Prix, les momens
sont précieux, je l'exige de vous.

— Eugénie ! madame de Fening
se meurt, ma maison est la sienne,
ce n'est pas celle d'un garçon.

— Hé bien !

— Hé bien oui, j'oserai le demander à la sensible, à la généreuse
Eugénie, ne me rendez pas coupable, ingrat, criminel ; Eugénie, me
dit-il, en se jettant à mes genoux,
suivez-moi, partons, venez être la
compagne, l'amie d'une femme intéressante, et qui saura vous ap-
précier.

Je restai pétrifiée... et quoique je
fusse peu en état de réfléchir, une
pensée bien naturelle se présenta à
mon esprit,

— Mais, S.t-Prix, si elle se meurt!

— Notre présence la rendra à la vie, ma longue absence l'étonne, l'inquiète, elle aggrave ses maux; Eugénie, ange du ciel, venez nous sauver tous... Je le vois, vous balancez, oh! mon amie, ma divine amie, dites un mot, un seul mot...

Je n'avais jamais vu S.t-Prix dans une si violente agitation, je n'imaginais pas qu'il fut question de partir à l'instant.... cette nuit même... je donnai ma parole.

Aussitôt S.t-Prix sonne, appelle le vieux Bernard, demande des chevaux de poste, et lui fait un geste d'impatience.... Ses malles étaient faites depuis plusieurs jours, il rassemble quelques effets dans un porte-manteau, m'enveloppe dans cette redingotte fourrée dont j'avais déjà fait usage.

— Mais , S.t-Prix , lui dis-je , il est impossible que je parte ainsi , sans une robe , sans une chemise.

— Pour cette nuit , ma tendre amie , je parviendrai à vous garantir du froid , il y a des robes , des chemises partout, et demain à la première ville où nous passerons, vous prendrez tout ce qu'il vous faudra ; Eugénie , si nous tardions , et qu'il fut trop tard....

— Mais , mon cher S.t-Prix , puis-je ainsi quitter mon amie , ma mère , que pensera-t-on...!

— Ecrivez un mot , écrivez vite ; mais rien n'est si simple , vous allez chez madame de Fening , elle vous désire , elle vous appelle , elle est mourante , et vous ne voulez pas m'abandonner à moi-même ; je ne suis plus un jeune homme , j'ai quarante-deux ans , je serais votre père , je puis bien être votre ami.... Et puis quand vous serez loin , vous expliquerez plus longuement tout cela , l'essentiel c'est qu'on sache où vous êtes , et qu'il ne vous est rien arrivé de malheureux.

J'écrivis quelque lignes , sans savoir ce que je disais , ni même ce que j'allais faire ; cette précipitation m'étourdissait et confondait toutes mes idées.

Bernard revint peu de minutes après , les chevaux étaient déjà à la chaise , on recommanda ma lettre à l'hôtesse , S.t-Prix m'entraîna à la voiture , les postillons partirent au grand galop , et j'avais déjà traversé tout Paris sans soupçonner le moins du monde que tout cela fut un enlèvement.

CHAPITRE IX.

Quoique j'eusse déjà beaucoup voyagé , la voiture m'incommodait infiniment ; ce que j'y éprouvais devait ressembler au mal de mer , et ce mal cruel ne me quitta pas pendant les douze premières heures ; j'y gagnai de ne songer à rien du tout , et de connaître les soins sans bornes dont S.t-Prix était capable , quand l'amour les lui dictait ; il me tenait dans ses bras , soutenait ma tête , ne se permettait aucune caresse qui ne fut innocente et sensible ; à chaque instant il fallait arrêter et il n'en paraissait jamais contrarié.

Tant de patience n'était pourtant nullement dans son caractère , mais qu'on se tromperait sur celui des hommes

hommes , si on ne les jugeait que lorsqu'ils sont amoureux.

S.t-Prix m'offrit de me reposer la première nuit où nous arrivions dans une grande ville ; je m'y arrêtai , mais je ne voulus point coucher en route ; je n'y trouvai presque rien de ce qui m'était nécessaire pour mon habillement , l'usage dans les villes de province n'étant pas de vendre du linge fait.

J'avais laissé ma petite Victoire à Paris , S.t-Prix lui écrivit de faire mes malles , de prendre la diligence et de venir nous rejoindre sans délai avec tous mes effets.

Il l'adressait à un de ses amis pour toucher tout l'argent qui lui serait nécessaire , sous le prétexte que je n'étais pas en état d'écrire ; il avait fait cette lettre et la mit à la poste sans me la communiquer ; je ne

Tome III. H

pensais point rester assez long-tems
chez lui pour faire venir ma femme
de chambre , et je crus seulement
qu'il lui avait écrit pour qu'elle
m'envoyât ce qui m'était le plus
nécessaire.

Nous remontâmes en voiture et
n'en descendîmes plus que pour arriver à notre destination , le troisième
jour à huit heures du matin.

La terre de Rémur était à trois
lieues de Metz , et dans un site en-
tiérement isolé ; comme le château
était bâti dans un fond , je fus troublée d'y être arrivée plutôt que je ne
m'y attendais ; mais la seconde journée de notre voyage m'ayant laissé
la faculté de réfléchir , je commençais
à voir tous les mauvais côtés de
l'imprudente démarche à laquelle je
m'étais abandonnée.

Il ne me semblait presque plus

probable que madame de Fening vit arriver avec joie une femme qui occupait exclusivement son amant.

Je n'avais eu aucune intimité avec S.t-Prix , mais pouvais-je croire que chez lui , et toujours avec lui , loin de Frégis qui m'intéressait beaucoup encore , mais qu'enfin j'avais volontairement quitté , pouvais-je croire , dis-je , que les circonstances , au moins autant que ma propre inclination , ne me livrerait pas à un homme que je chérissais déjà , dont l'amour était extrême et l'esprit très-séduisant ? je n'avais songé à rien de tout cela en partant de Paris , et j'arrivais à Rémur.

Pauline et Sophie , les deux filles aînées de madame de Fening , étaient dans une salle basse quand la chaise entra dans la cour. Elles la reconnurent , et très accoutumées à regarder S.t-Prix comme leur père , elles volèrent à sa rencontre.

C'était une chose à peindre que leurs jolies mines , assez farouches et consternées , en voyant déballer de la chaise de poste une jeune femme , délicate , pâle et fatiguée , enveloppée de la tête aux pieds dans un habillement d'homme , qui se nommait je crois un Vitchoura.

S.t-Prix me donna le bras jusqu'à la salle , recommanda à ses demoiselles d'avoir grand soin de moi et de me faire beaucoup de feu ; ensuite, et comme nous en étions convenus, il alla prévenir madame de Fening.

Je demandai à Pauline , restée près de moi , comment se trouvait sa mère.

— Fort bien , madame , me dit cette jeune personne , en devenant de toutes les couleurs.

— Comment *Fort bien* , repris-je

d'un ton qui dut l'étonner à son tour,
car je répondais à ma pensée , et je
seupçonnais déjà qu'on avait imaginé
la maladie de madame de Fening
pour m'entraîner à Rémur.

Cela n'était pas exactement vrai ,
mais cette pauvre Pauline , vivant
dans une entière solitude et ne voyant
jamais un visage nouveau , était d'une
timidité sans exemple ; mon arrivée
lui paraissait un événement ; et dans
son trouble, elle eut dit *fort mal* ,
comme elle avait dit *fort bien* , dans
un excès de gaucherie et d'embarras.

J'entre dans ce détail parce que
ma réponse , et surtout le ton dont
je l'avais faite , parut justifier plus
tard l'idée injurieuse que l'on conçut
de mes sentimens ; S.t-Prix vint me
chercher quelques momens après.

— Venez, me dit-il très-affectueuse-
ment, ma bonne Clorinde vous attend

avec impatience , elle est mieux que je ne l'espérais.

Je me laissai conduire , le cœur fort oppressé et rempli des plus tristes pressentimens.

Madame de Fening était au lit , elle m'ouvrit ses grands bras secs et décharnés : — Ah ! venez donc , ma belle enfant , me dit-elle , vous me ramenez mon cher S.t Prix , il m'annonce en vous une amie , et mon cœur brûle de répondre au vôtre.

Charmée de cet accueil , j'y répondis avec beaucoup d'effusion , et je m'informai avec intérêt de son état.

Sa maladie n'était autre chose que des maux de nerfs , que le chagrin et la contrariété avait irrités ; elle me sembla d'une exaltation et d'une sensibilité excessive , ses grands yeux bleus avaient dû être tendres , ils me parurent éteints , toutes les traces de la beauté étaient effacées ; enfin je crus difficile , en la voyant, qu'elle inspirât de l'amour , et très-possible qu'en se rendant justice, elle n'en exigeât plus.

S.t Prix fit valoir l'extrême complaisance que j'avais mise à voyager pendant une saison mauvaise encore, dans l'assurance qu'il m'avait donnée qu'elle aurait une grande joie à me connaître et à se lier d'amitié avec moi ; il fut le premier à observer galment que craignant les obstacles ou les refus de ma famille , il m'avait enlevée sans me laisser le tems de la réflexion , ni d'emporter mes effets.

Madame de Fening appela ses filles, on me donna des robes très-mal faites, mais enfin on m'habilla et on me laissa quelques heures de liberté , destinées au sommeil, et que je passai à réfléchir.

Le résultat de toutes mes idées fut de rester une quinzaine de jours à Rémur, et de retourner chez mon amie ; que deviendrait S.t-Prix ? me suivrait-il ? resterait-il ? je ne pouvais le prévoir.

Six jours se passèrent d'une manière plus agréable que je ne l'avais espéré ; les grandes demoiselles, qui étaient de mon âge, se familiarisèrent avec moi, et m'aimèrent. Madame de Fening me trouvait la plus jolie personne qu'elle eut jamais vue, elle me caressait beaucoup, et paraissait le faire franchement ; S.t-Prix était fort amical, mais très-réservé ; pour moi, j'étais extrêmement inquiète, de ce que madame de Luzi et mon père penserait de ma fuite : l'arrivée de Victoire, à dix heures du soir, m'en instruisit.

CHAPITRE

CHAPITRE X.

Sт.-Prix m'avait prévenue de l'arrivée de Victoire ; je m'en étais fâchée d'abord ; mais prévoyant ensuite qu'elle me serait nécessaire pour mon retour à Paris , je la vis arriver avec plaisir.

Elle me remit plusieurs lettres ; celle de mon père était courte et plus que sévère , il me disait que si dans huit jours au plus tard , je n'étais pas de retour à Paris , il ne me reverrait de sa vie.

Madame de Luzi me faisait les reproches les plus sanglans , accusait mon amitié pour elle , mon cœur d'ingratitude , et ma conduite d'extravagance et de cruauté.

Elle soupçonnait S.t-Prix , plaignait

l'intéressante madame de Fening ;
enfin cette lettre terrible ne respirait
que l'indignation et le mépris. Je la
communiquai à S.t-Prix , en versant
un torrent de larmes ; il m'avait tant
répété qu'il n'y avait rien que d'in-
nocent et de naturel à aller voir une
femme malade , avec un homme de
quarante ans , qu'oubliant tout ce
que ma précipitation avait ajouté de
suspect à cette démarche , je ne m'é-
tais attendue qu'à des reproches
amicales, que mon retour affaiblirait
aussitôt.

Au lieu de cela , mon père, qui de
ses jours ne m'avait dit un seul mot
de colère ou d'autorité , me traitait
avec la dernière rigueur.

Madame de Luzi oubliait entièrement la réserve et la modération à
laquelle elle m'avait accoutumée ;
elle ne me défendait point de revenir

chez elle , mais elle ne m'en priait pas; et cet oubli me semblait la preuve d'un entier abandon.

—Ah ! S.t-Prix, qu'ai-je fait ? m'écriai-je , je n'ai plus de parens, plus d'amis sur la terre , je suis perdue sans retour !

— Chère Eugénie, m'honorez-vous au moins de votre estime ? n'avezvous pas pensé que si la plus injuste rigueur vous poursuivait ici , je deviendrais votre appui jusqu'à la mort; je ne parle plus au nom de l'amour, mes devoirs sont tracés par l'honneur; mon être , ma fortune , tout vous appartient. Calmez-vous, mon Eugénie, séchez vos larmes , et surtout ne prenez pas de résolution dans un pareil moment.

— S.t-Prix, si vous m'aimez , laissez-moi partir , songez à la menace

de mon père ; je ne sais point braver
un tel ressentiment.

— Vous serez maîtresse de partir,
Eugénie, après l'entretien que je dois
avoir avec vous ce soir ; venez, mad.
de Fening nous attend, ne lui com-
muniquez point vos lettres, elles
jetteraient dans son esprit des idées
qui ne s'y sont pas encore offertes ;
mais en la quittant, dans une heure,
laissez la porte de votre chambre ou-
verte, nous causerons avec calme ;
et quoiqu'il m'en puisse couter,
quand vous m'aurez entendu, je
vous obéirai.

Madame de Fening s'apperçut que
j'avais pleuré, et se douta que j'avais
reçu des nouvelles désagréables ; elle
me reprocha doucement de n'avoir
pas de confiance en elle, me dit des
choses flatteuses et tendres, et je
finis par ne m'occuper que d'elle.

qui avait été malade toute la journée et qui gardait même le lit. Nous allions nous séparer et la laisser reposer, quand S.t-Prix , fort agité intérieurement et se croyant très-sûr de ne pas être vu , me renouvella par des gestes très - expressifs la prière de l'attendre chez moi.

Une glace que nous n'avions pas remarquée , et qui se trouvait en face du lit , répéta les gestes de S.t-Prix , et par je ne sais quelle fatalité madame de Fening , qui n'avait rien soupçonné encore, se regarda à l'instant comme éclairée et convaincue de toute mon intelligence avec S.t.-Prix ; un cri perçant s'échappa entre ses rideaux à demi fermés.

—Ah ! malheureux , nous dit-elle du ton le plus plaintif , vous vous aimez !

Par un mouvement plus prompt,

I 3

plus vif que la pensée , S.t Prix se
saisit de ma main , m'entraîne avec lui
au lit... aux pieds de son amie.... ,
— Oui ma Clorinde , oui ma pré-
cieuse amie , nous nous aimons... ,
l'imposture n'est pas faite pour des
cœurs comme les nôtres , et tu sauras
nous pardonner !

— Je me meurs , s'écrie madame
de Fening , et sa tête retombe sur
son oreiller... , ses yeux se ferment..,
elle paraît anéantie.

— S.t Prix , vous m'avez trompée,
Clorinde vous adore ; nos sentimens
l'offensent , laissez - moi partir.

— Si vous partez, Eugénie , je vous
suis , je m'attache à vous , la mort
seule peut nous désunir. Clorinde ,
ma chère Clorinde , lui dit il en pres-
sant ses mains glacées contre ses
lèvres , je ne suis point changé , tu
m'es chère ! bien chère ! je ne veux

ni t'éloigner , ni cesser d'être ton
meilleur ami ; toujours ! oui , toujours tu seras près de nous ! mais
ne nous repousse pas , laisse-nous
t'aimer *ensemble*, puisque rien , rien .
sur la terre ne peut nous séparer !

Clorinde était soulagée , les larmes
l'avaient rappelée à la vie , ses grands
yeux se fixèrent sur moi , j'étais à
genoux aux pieds de son lit... , je
me rappelais de semblables douleurs..
et je me croyais sûre de ma réso-
tion. .

Dans ce moment j'aimais Clorinde,
je ne voulais pas causer son désespoir , je ne songeais qu'à la rassurer ;
elle devina ma pensée au premier
mot , et me ferma la bouche....
— Eugénie , me dit-elle avec une
apparente tranquillité , je n'ai pas
été maîtresse de ma surprise et d'un
premier moment..., affreux , il est

I 4

vrai, mais je suis rendue à moi-même,
à la raison, à l'amitié, et plus que
jamais je sollicite la vôtre ; rendez-
le heureux . . . . , aimez-le comme je
. l'aimais, cet être auquel j'avais con-
sacré toute mon existence ; vous êtes
jeune, belle comme un ange, ce
qui arrive est naturel, et le tems m'y
accoutumera.

— Angélique créature, s'écria S.t-
Prix...

— Je n'accepte point ce sacrifice,
Clorinde, ma sensible amie... il se
trompe lui-même, il n'aime, il n'a-
dore que vous ; c'est une erreur des
sens, son cœur la désavoue, je vous
le rends tout entier.

— Pauvre enfant, me dit-elle,
vous êtes digne de faire son bonheur,
et votre dévouement rend mon sacrifice moins pénible.

— Eugénie, reçois-le de ma main ;

mes amis laissez-moi encore le droit
de vous unir moi-même, et elle s'em-
pare de nos mains, les rassemble,
les presse dans les siennes.... : nos
baisers, nos larmes se confondent à
tous trois.

— S.t-Prix ! S.t-Prix ! répétais-je
avec la plus vive agitation, n'accep-
tez pas..., c'est sa vie qu'elle nous
offre.

S.t-Prix presse Clorinde contre
son sein, il m'entoure de ses bras.

Clorinde exaltée, énivrée, hors
d'elle, paraît s'applaudir de notre
confiance, elle se croit l'arbitre de
notre bonheur ; et S.t-Prix, touché
de sa générosité, s'enflamme également-
ment pour elle..., il nous prodigue
à toutes deux mille carresses, et
toutefois nos sens paraissent étrangers à cette scène d'exaltation et
d'ivresse, chacun de nous voulait

se sacrifier au bonheur de l'autre ;
la faiblesse de nos organes y mit
fin , nous nous promîmes mutuel-
lement une union éternelle ; je ren-
trai dans ma chambre , et S.t-Prix
m'y laissa.

CHAPITRE XI.

Tout dans la vie a ses lois immuables ; la passion s'en écarte , mais la nature y revient , c'est ce que nous prouvèrent tous les événemens du lendemain.

Pauline et Sophie, beaucoup trop instruites de la passion de leur mère , évitèrent de se trouver sur mon passage comme les autres jours, à l'heure où le déjeûner nous réunissait.

S t-Prix vint à moi avec beaucoup d'empressement et de tendresse, mais je ne voulus point entrer avec lui chez Clorinde , dont la situation pénible et délicate demandait tous les ménagemens possibles.

Je le rejoignis dans son appartement, et je n'oublierai de ma vie

tout ce que peignait de sinistre et
d'amer la physionomie de madame de
Fening , elle s'efforça de sourire en
me voyant , mais son regard mena-
çant ne pouvait s'accorder avec aucun
des sentimens qu'elle voulait feindre
encore.

Elle me pressa la main , mais ce
mouvement , qui voulait être tendre ,
ne fut que convulsif.

Pauline , dans la ruelle du lit , soutenait sa mère dans ses bras ; S.t-
Prix avait été repoussé et se tenait
avec embarras à une certaine dis-
tance ; tout annonçait une scène ;
elle ne tarda pas à éclater.

— Mes chers amis , nous dit madame de Fening en s'efforçant de pa-
raître calme, j'ai pris cette nuit une
résolution qui concil era tous nos
petits intérêts ; je diffère depuis long-
tems de faire le voyage de Paris , où

j'ai besoin de consulter pour ma santé et celle de ma fille cadette ; ne vous opposez point à mon départ, je viendrai dans peu de tems vous rejoindre, et nous réaliserons alors ces projets d'union et d'amitié que nous avons formés hier.

— Ma chère Clorinde, reprit vivement S.t-Prix, je ne le souffrirai point, vous n'avez besoin que de repos, que de soins, et nous voulons vous les prodiguer.

— J'espère, reprit sèchement Clorinde, qu'il me sera au moins permis de disposer de moi-même.

— Vos sentimens sont bien changés depuis hier, repris-je, mais vous êtes dans l'erreur, ma chère Clorinde, et grâce à Dieu il est encore tems de vous désabuser ; je suis sans doute fort tendrement attachée à votre ami, mais notre union n'est point telle que vous la supposez , je lui rends pour jamais ses sermens , que je n'eusse point écoutés si je les avais crus incompatibles avec votre bonheur.

—Eugénie! cruelle Eugénie ! osez-vous tenir un tel langage , oseriez-vous jurer que je n'ai aucuns droits sur vous.... !

— M. de S.t-Prix , qu'osez-vous rappeller?

— Vous vous accordez mal pour me tromper, dit Clorinde avec une amère ironie , mais je n'ai point encore si peu d'orgueil que de recevoir de mademoiselle un bien que je me croyais si justement acquis.

— Ma chère Clorinde , vous m'affligez cruellement , vous me faites un mal...

— Epargnez moi tous deux votre pitié et laissez-moi partir.... En achevant ces mots , elle se laissa tomber dans les bras de Pauline et parut s'évanouir , je courus à la cheminée et versai dans une tasse de la fleur d'orange , pendant que S.t Prix lui faisait respirer des sels ; mais quand je lui présentai la potion que je venais de lui préparer , Pauline , d'un air égaré , me repoussa la main avec violence , et s'écria : — Maman , ne prends point de cela , elle veut sans doute t'empoisonner

— C'en est trop , m'écriai-je à mon tour , et c'est ici qu'il faut apprendre à redouter les passions. Je sortis et j'ordonnai à Victoire de partir sur-le-champ pour Metz , d'y arrêter une place pour elle et une pour moi à la première diligence pour Paris ; pendant ce tems j'entassais confusément tous mes effets dans mes malles ; j'étais furieuse , et je ne voulais pas rester une minute de plus avec des êtres qui ne frémissaient pas en me soupçonnant d'un crime odieux.

Je me rappelai alors le ton avec lequel j'avais répondu à cette même Pauline , à mon arrivée à Rémur , lorsqu'elle m'avait dit que madame de Fening se portait *fort bien;* elle s'en ressouvenait sans doute aussi , et en concluait que je désirais la mort de sa mère.

J'étais dans une agitation qui ne me permettait plus de réfléchir , et le seul instinct de l'inquiétude et de la curiosité dirigeait mes actions.

J'apperçus , des croisées de mon appartement , Clorinde qui venait de passer dans celui de S.t-Prix , j'en conclus qu'elle se trouvait mieux et qu'ils étaient dans une parfaite intelligence , je voulus m'en assurer et en peu d'instans je me trouvas

dani

dans un petit cabinet noir , d'où je pouvais aisément tout voir et tout entendre , une très - mince cloison nous séparant seulement.

En effet, je vis S.t-Prix aux genoux de Clorinde qui , vêtue d'une robe blanche , maigre et pâle comme la mort , ressemblait véritablement à un spectre ; cette vue ne me semblait pas très-propre à ranimer l'amour de S.t-Prix ; mais chez lui l'imagination suppléait à beaucoup de choses , et l'objet présent avait toujours le pouvoir de le dominer.

— Ma chère Clorinde , lui disait donc S.t-Prix . je ne le cache point , cette jeune personne m'inspire de violens désirs ; je ne me flattais pas de vous trouver encore des sentimens aussi tendres pour moi , et je m'aveuglais jusqu'à croire que cette intrigue passagère ne vous offenserait pas; mais le caprice d'un moment n'altère pas l'amour de toute la vie, et tout peut s'arranger encore.

J'ai brouillé mademoiselle de Lomedy avec son amie, avec son père, je serais un lâche de la laisser partir sans asile, en proie à leurs ressentimens; mais j'écrirai à sa famille, à madame de Luzi qui m'aime encore. Si je ne parviens point à la raccommoder avec ses parens, je lui assurerai une honnête pension dans un couvent, car il est juste que nos folies nous coûtent quelque chose, et le seul sacrifice que je ne sois pas disposé à faire, c'est celui du bonheur de ma chère Clorinde, de mon unique amie.

J'eus la patience d'entendre jusqu'à la fin cet odieux discours; mais ouvrant brusquement la porte, je m'élançai dans la chambre; madame de Fening fit un grand cri et se sauva comme un fantôme, alors je me trouvai seule avec S.t-Prix.

— J'ai tout entendu, lui dis-je, et je vous remercie, monsieur, de *l'honnête pension* que vous voulez bien me réserver, je ne pense pourtant pas qu'il me convienne d'accepter cette indigne indemnité de l'amitié de mes parens et de ma réputation que vous avez grièvement compromise. Souffrez donc qu'en vous quittant dans une heure, je ne réclame de vous d'autre faveur que d'en être oubliée pour jamais.

— Eugénie, me dit S.t-Prix, avez vous cru que je parlais sincèrement à madame de Fening ?

— Je ne sais laquelle de nous deux est trompée, lui dis-je avec colère, mais je pense qu'il est malheureux

K 2

pour l'une et pour l'autre de vous avoir connu.

— Eugénie , mon adorable amie , comme vous me traitez ! quelle indignation je vois dans vos regards , quand tous mes vœux , mes seuls vœux sont d'être à vous pour toujours.

— M. de S.t-Prix , vous n'avez que trop abusé déjà de ma confiance, de mon étourderie ; Victoire est partie , ma place est retenue , et soyez certain que les odieuses scènes dont j'ai été témoin ce matin ne se répéteront jamais.

—Vous ne partirez point, Eugénie, non, vous ne partirez point , s'écriat-il avec véhémence , ou du moins ma mort aura prévenu ce funeste projet ; songez-y , Eugénie , vous êtes à moi , nous ne nous quitterons plus ; *mon pardon ou la mort ;* en

disant ces mots , S.t-Prix posa sur
son front un pistolet qui ne le quittait jamais.

Rien n'était assurément si usé , si
banal , que ce moyen d'intimider une
jeune personne sans expérience ; il
n'y a qu'un moment, qu'un âge dans
la vie où l'on soit assez crédule pour
ne pas sentir le ridicule d'une semblable menace , mais cet âge-là était
précisément le mien , et S.t-Prix me
glaça d'effroi ; j'arrachai le pistolet
de ses mains , et l'attendrissement
succédant à ma colère , je sentis que
malgré tous ses torts , je l'aimais et
désirais qu'il put se justifier.

Le soupçon abominable de mademoiselle de Fening ayant détruit ma
pitié et mes sentimens pour sa mère,
je dictai des lois avec une fermeté
qui termina toutes les irrésolutions
de S.t-Prix.

Il écrivit sur-le-champ à madame de Fening.

Il lui mandait que les circonstances le forçaient à consentir qu'elle s'éloignât comme elle en avait eu le projet ; qu'il lui conserverait une éternelle amitié , et se rapprocherait d'elle quand notre réunion serait moins pénible pour tous les trois.

J'exigeai de plus qu'il écrivit à l'instant même à mon père , et qu'à l'arrivée de son consentement , qu'il accorderait très-volontiers sans doute, notre mariage n'éprouvât aucuns délais.

S.t-Prix , passionnément amoureux , placé dans l'alternative irrévocable de me perdre dans une heure, et pour jamais , ou de me voir répondre à sa tendresse par un abandon absolu , consentit à tout , même à ne pas revoir madame de Fening ,

qui , sans répondre un seul mot , fit
mettre les chevaux de la ferme à sa
berline , et partit à l'instant ; je ne
pus m'empêcher d'être inquiète de
l'insensibilité de S.t-Prix envers une
femme qu'il avait si long-tems aimée ;
qu'en devais-je présumer pour mon
propre bonheur ! mais dans un avenir
aussi obscur que le mien , où était
le bonheur ? je m'étourdis sur tout
ce qui était capable d'altérer ma tranquillité ; j'aimais , j'étais aimée , et
après tant d'orages je me crus arrivée
au port.

CHAPITRE XII.

APRÈS tout ce qui s'était passé entre S.t-Prix et moi, et l'engagement sacré qu'il avait pris en écrivant à mon père, je ne crus pas devoir différer de le rendre heureux......

S.t-Prix, avec une sorte d'exagération religieuse, prit l'Être Suprême à témoin de notre union, et du serment solennel de consacrer sa vie à mon bonheur.

Quant à moi qui n'avais abandonné la vertu qu'avec regret, que par l'extrême fatalité qui me faisait toujours rencontrer, dans les objets de mon affection, des êtres dépendans qui ne pouvaient ou ne voulaient pas s'engager dans les liens du mariage, je promis, dans toute la sincérité

cérité de mon ame , amour , fidélité , reconnaissance , d'un lien qui exigeait de la part de S.t-Prix le plus parfait désintéressement.

Je ne sais si je fis bien , mais la franchise de mon caractère l'emportant sur la prudence , je ne cherchai pas même à l'abuser sur ma conduite passée.

Je vous dois tout , lui disais-je avec tendresse , tout , jusqu'à mon retour à la vertu , et c'est la première comme la plus grande de mes obligations envers vous.

S.t-Prix voyait tout dans ce jour favorable qu'on ne doit qu'aux illusions de l'amour ; il louait la candeur de mes aveux , et les encourageait avec des raisonnemens aussi neufs que spécieux.

— Eugénie, me disait-il , loin que votre confiance porte atteinte à mon

estime pour vous , elle sera pour
l'avenir la base de ma sécurité.

Il est une portion de la vie destinée
à l'erreur , où la force des passions
et du tempérament l'emporte nécessairement sur la raison.

L'expérience des autres est toujours inutile ; mais c'est après avoir
fait soi-même la terrible épreuve des
passions, qu'on sent le prix d'une vie
paisible, honnête , remplie de sentimens doux et d'espérances légitimes :
l'ame ainsi que le corps a besoin de
repos , mais à votre âge , Eugénie,
le repos n'est pas la mort ; on veut
encore sentir , encore aimer , et tous
les devoirs d'une épouse sensible deviennent alors des plaisirs analogues
à ses goûts et à son cœur : elle est
sage sans le savoir , et sans comprendre elle-même qu'on puisse préférer quelquefois le plaisir à la vertu.

Je risquai de parler à S.t-Prix de
madame de Fening, de l'attachement
qu'il conservait sans doute pour elle,
des regrets que lui causerait peut-être
son absence ; je poussai la sincérité
jusqu'à lui dire qu'il m'avait accordé
trop facilement de l'éloigner, quoiqu'elle ne m'eût laissé elle-même
aucune espérance de pouvoir la conserver près de nous.

S.t-Prix était l'homme du monde
qui parvenait le mieux à s'abuser lui-
même, et à colorer des motifs les
plus vertueux toutes les actions équivoques de sa vie.

Sa conduite avec son amie était
cruelle, et je m'étonnais moi-même
d'avoir pu la lui dicter ; mais il me
prouva qu'il avait été moins influencé
par son amour pour moi, que par la
puissance de ses principes, qui dès
long-tems lui montraient les résultats

les plus condamnables de sa liaison avec madame de Fening.

— M. de Fening vit encore , me dit-il , sans cela j'aurais cru devoir m'unir à Clorinde , et je l'aurais fait , si ce n'est avec une grande certitude de mon bonheur , au moins avec le sentiment satisfaisant d'obéir à ma conscience et à l'honneur ; je serais devenu le père de ces jeunes personnes intéressantes qui , assez raisonnables aujourd'hui pour comprendre ce qui se passe autour d'elle , y voient , depuis trop long-tems et avec danger pour leur innocence , le tableau orageux des passions. Je ne suis point insensible à la douleur de leur mère , mais elle servira d'une utile leçon à cette jeunesse peu réfléchie et qui ne doit pas croire que le désordre des mœurs puisse s'accorder avec la félicité.

Je ne prétends pas dire, ma chère Eugénie, que tel était mon projet en vous amenant ici ; mais ce but moral s'est présenté à mon esprit au moment où vous m'avez demandé le sacrifice de madame de Fening ; et j'ai dû avoir assez de force alors pour faire le bien, quelle que fut la cause et quel que fut le moyen qui me servit pour y arriver.

J'aurais pu croire que S.t-Prix n'était qu'un hypocrite, d'après un tel langage, mais dans toutes les circonstances de la vie il était le même et le premier trompé.

Il avait peu de caractère, mais il s'était dit qu'il en avait un, et croyait le prouver, comme l'enfant qui chante dans l'obscurité croit prouver qu'il n'a pas peur. La faiblesse ou la passion du moment le conduisaient, et l'esprit venait à son secours pour justifier ses égaremens.

Telles furent les circonstances qui donnèrent lieu à mon mariage , auquel , dans le principe , nous n'avions guère songé ni l'un ni l'autre , et qui eut lieu pourtant quinze jours après.

Mon père m'écrivit : « que la per-
» mission que je lui demandais était
» une mauvaise plaisanterie , que je
» m'étais émancipée depuis long-tems,
» que j'étais fort la maîtresse d'épou-
» ser M. de S.t-Prix ou tout autre ;
» qu'il était trop tard pour me faire
» d'autres réflexions , et qu'il nous
» souhaitait à tous deux beaucoup
» de bonheur. »

La lettre renfermait un consentement pur et simple de ma mère ; on ne me *donnait rien du tout* , il n'y avait pas d'intérêt à discuter.

Madame de Luzi ne s'appaisa point

par tout ce que je lui avais écrit de
sensible et de reconnaissant ; elle
me manda « que des sottises ne se
» réparaient pas par des sottises ;
» qu'elle ne regardait pas S.t - Prix
» comme un homme libre , et qu'elle
» comprenait si peu notre liaison ,
» notre départ et notre mariage ,
» qu'elle ne voulait pas ajouter à tous
» ses malheurs le chagrin de se plain-
» dre de notre cœur , elle croyait donc
» encore à notre amitié , mais sans
» supposer que la sienne fut d'un
grand prix pour nous. »

Elle m'apprenait aussi qu'elle allait
marier son fils; il épousait une petite
fille de treize ans , que je connaissais
un peu et qui avait de la fortune ;
j'avais passionnément aimé Fabrice ,
ce n'était que par lui que j'avais connu
les véritables jouissances de l'ame ;
aussi notre rupture , qui n'avait pas

été volontaire , m'était-elle encore
sensible ; je n'aurais pas vu sa noce
avec plaisir , et je me félicitai doublement d'avoir quitté mon amie.

Le château de Rémur était assez
isolé , mais le peu de voisins qui y
venaient quelquefois étaient , je ne
sais comment , informés de tout ce
qui s'y passait ; chacun en raisonnait
à sa manière , et prenait parti entre
madame de Fening , qu'on connaissait, et moi qu'on ne connaissait pas ;
cela nous décida à n'attirer l'attention
de personne ; nous fûmes mariés à
S.t-Médéric , petit village voisin et
dépendant du château. Le curé , qui
ne se croyait pas avoir autant d'esprit que son seigneur , ne nous fit
pas de discours ; il accepta un bon
dîner et tous les émolumens attachés
à sa profession ; notre bonheur fut
modeste , nos sermens sincères , et

j'aurais juré ce jour-là que le reste de ma vie serait irréprochable.

Je me proposais déjà, comme bien d'autres femmes, d'oublier mes premières faiblesses, de tonner contre le vice, de me faire une excellente réputation, d'avoir des enfans que je nourrirais, des amis qui me citeraient pour modèle, un mari qui n'aimerait que moi ; enfin je voyais un avenir de félicité et de vertu, et si ma volonté franche et loyale ne put me sauver de nouvelles passions, ou pour mieux dire de nouvelles fautes ; je puis et dois dire avec l'auteur de la Pucelle : *n'est pas toujours femme de bien qui veut.*

CHAPITRE XIII.

J'avais cru , jusqu'au moment où j'habitai Rémur , que j'aimais passionnément la campagne ; je ne connaissais que Verbois , qui était le plus beau lieu du monde , où l'on recevait habituellement quinze à vingt étrangers , et où j'avais eu plus de plaisir et plus de dissipation qu'à Paris même. La vie que nous menions à Rémur , ainsi que l'habitation elle-même , était bien différente et ne m'offrait pas le moindre agrément.

Le château étoit grand , pouvait contenir vingt maîtres et beaucoup plus de domestiques ; mon mari , moi , le vieux Bernard , Victoire , une cuisinière , un jardinier , et quelques gens de la ferme , voilà les seuls habitans de ce lieu trop vaste où nous paraissions tous seuls.

Le terrein était humide , marécageux ; mais des pièces d'eau sans nombre , un canal superbe , étaient des beautés qu'on admirait et auxquelles je n'étais pas du tout sensible.

Je ne sortais pas , pendant les deux tiers de l'année , sans être crottée jusqu'à la moitié de la jambe ; les brouillards étaient continuels et me faisaient beaucoup de mal aux yeux et à la poitrine ; pour la toilette , qui m'avait occupée et amusée jusques-là , il ne fallait pas y songer ; pour qui me serais-je parée ! nous vivions dans une solitude absolue. La révolution qui avait déjà produit de grands crimes à Paris , ne répandait encore que la terreur et l'inquiétude dans les provinces ; on se craignait réciproque-

ment , on ne se voyait point , et les
plus sages cherchaient l'oubli.

Le sentiment de la propriété n'était
pourtant pas tout à fait sans effet ;
je m'efforçais de prendre un grand
intérêt aux arbres que je voyais plan-
ter , et qui devaient vieillir avec moi,
je cultivais des fleurs ; mais le vent
cassait mes arbres , la pluie gâtait mes
fleurs ; on paraissait content de la
récolte des fruits , pourtant je ne
les trouvais ni beaux , ni abondans
comme à Paris , ni même comme à
Verbois.

Enfin la moisson faite par des
paysans qu'on commençait à craindre , et qui étaient tout prêts à se
révolter , n'offrait aucune gaîté rus-
tique. J'étais musicienne,et on n'avait
pu me procurer qu'une mauvaise épi-
nette , qui n'était jamais d'accord.
Je ne pouvais souffrir l'ouvrage ; je

savais par cœur la toute petite bibliothèque de Rémur ; enfin je m'ennuyais à la mort , et je ne soutenais patiemment ce genre de vie que par les puissantes consolations que me donnait l'amour.

J'aimais S.t - Prix comme jamais mari ne fut aimé ; sa conversation était piquante , instructive , et le sauva très long-tems de la monotonie. Il aimait la chasse , la pêche , et s'efforçait , quoique vainement , de m'inspirer ses goûts ; je ne pouvais que lui cacher l'opposition et le sacrifice continuel des miens , et je l'ai tellement fait , pendant trois ans que nous passâmes de suite , et dans toutes les saisons , à Rémur, que je crois qu'il n'a jamais connu la plus faible partie de ce que me faisaient souffrir la solitude et l'ennui.

J'avais fait la faute irréparable de

faire connaître à S.t-Prix toute la
force de ma passion pour lui ; j'avais
trop exalté, dans ma reconnaissance,
sa générosité à m'épouser sans fortune ; il s'était accoutumé lui-même
à penser que je lui devais tout, et que
l'extrême tendresse qu'il me témoi-
gnait devait suffire à mon bonheur ;
une seule circonstance en effet pouvait l'assurer.

Je désirais un enfant avec passion ;
nos jouissances aussi exaltées que
pures avaient toujours ce but im-
portant ; nous nous adressions avec
ferveur à l'Être Suprême dans ces
momens qui paraissent consacrés au
seul plaisir.

L'Être Suprême ne nous exauçait
pas ; mon attente était toujours trompée ; j'en prenais un chagrin excessif,
et ma vie s'écoulait lentement, sans
privations, sans plaisirs, sans agita-

tion, sans projets, fidèle à mes devoirs
et à mon mari , dont le caractère
devenu très-inégal , très-exigeant ,
me faisait souvent souffrir.

Quand il me tourmentait je me
trouvais malheureuse , mais la nuit
ramenait l'amour , et le chagrin s'effaçait.

CHAPITRE XIV.

Madame de Fening avait , par suite de sa longue liaison avec S.t-Prix et l'existence d'un enfant qu'il avait eu d'elle , quelques relations d'intérêt avec lui.

Mais leur correspondance était rare , elle parlait peu de sa douleur , et jamais de moi, dont elle savait le mariage.

Mais quand ses lettres arrivaient j'appercevais' un changement sensible dans l'humeur de mon mari ; il était rêveur , inquiet , retournait plus souvent dans les lieux qu'elle avait aimés avec préférence , je le remarquais et la jalousie s'emparait de mon ame. S.t-Prix voulait que je me trouvasse extrêmement heureuse,

et

et rien ne l'offensait autant que mes larmes.

— Je ne puis faire mieux , me disait-il avec sécheresse ; après vingt ans d'intimité je vous l'ai sacrifiée sans hésiter et sans retour ; s'il m'est encore défendu de lui conserver de l'amitié , de l'intérêt , de prendre quelque part à un malheur qui est mon ouvrage, il faut me rendre l'insensibilité possible ; je vous dois le bonheur , Eugénie, mais je lui dois des larmes, et je vous estimais assez pour croire que je devais même.les verser devant vous. .

Je répondais avec la générosité qu'on attendait de mes sentimens; mais l'effort était visible , je me contraignais et je ne persuadais pas.

Un matin S.t-Prix étant à la chasse, on apporta plusieurs lettres au château ; quelles furent mon émotion et ma surprise en reconnaissant sur l'une de ces adresses l'écriture du comte d'Harlem.

Je fus saisie d'un tremblement universel ; j'osais à peine toucher cette lettre ; il me semblait que c'était trahir la foi conjugale que de donner un seul souvenir à mon ancien amant ; et décidée à la respecter jusqu'à la mort, comme dans tous ses droits, j'allais la jetter au feu quand je fis réflexion que cette lettre était datée de Paris, que le comte savait ma demeure, et qu'il n'était pas impossible que par tendresse ou par désespoir il ne tentât de venir me trouver à Rémur ; j'avais le plus grand intérêt à l'en empêcher si je voulais conserver ma tranquillité.

La philosophie avec laquelle S.t-Prix avait envisagé d'abord les fautes de ma jeunesse, s'était souvent démentie depuis mon mariage ; il ne me faisait aucuns reproches directs, mais si je disais un seul mot qui put les rappeler il me jettait un regard sévère, m'interrompait, ou lançait quelques traits satiriques contre les femmes qui, en général, ne prennent jamais assez le goût de la sagesse pour perdre entièrement le souvenir du vice.

Cet esprit mordant et dur s'était développé dans l'oisiveté de la campagne, et les premières atteintes de la révolution ; je n'achetais la paix et l'estime de mon mari que par une discrétion et une docilité sans bornes.

M. d'Harlem m'eut causé, par sa présence, des chagrins incalculables; cette juste crainte me fit ouvrir sa longue lettre dont je ne rappèle ici que les traits principaux.

Des événemens politiques, que la

M 2

prudence ne permettait pas d'expliquer, l'avaient ramené en France, et lui avaient permis de reparaître à Marseille, malgré trois ans d'émigration ; notre fidèle libraire lui avait remis cette lettre qui, dans le tems, devait lui faire connaître les motifs de mon silence, et me croyant encore chez sa belle-sœur, il était parti de suite pour Paris.

Madame de Luzi lui avait appris mon mariage, mais sans vouloir entrer dans aucuns détails, ni même lui donner mon adresse.

Enfin il s'était vu forcé de faire une dernière confidence à madame de Bonbel, jeune femme qui nous connaissait tous les deux, et à laquelle, par parenthèse, je crois que le comte avait rendu quelques soins, si ce n'est d'amour, au moins d'une galanterie particulière ; cette petite femme, bonne, sensible, ayant fait depuis long-tems un autre amant, était toute dévouée aux intérêts du comte ; c'était elle qui lui avait nommé la terre que j'habitais, qui devait recevoir ma réponse, et par suite faciliter, à tout prix, notre rapprochement, si je consentais à le revoir ; *seulement une heure*, me demandait-il à genoux, et avec des expressions si respectueuses que je dus être convaincue que le tems n'avait apporté aucuns changemens à ses sentimens pour moi. Il voulait me revoir, ce vœu répété à chaque ligne était l'unique but de sa lettre.

Quant aux moyens, au lieu, au jour, il me conjurait de les lui indiquer de manière à ne pas me compromettre, mais avec la certitude qu'il surmonterait toutes les difficultés, etc., etc.

Cette lettre me toucha profondément : quelle constance ! quel doux
souvenir, après quatre ans d'absence !
et combien j'avais lieu de croire que
j'eusse été plus heureuse avec le comte
qu'avec S.t-Prix, je ne m'arrêtai qu'un
seul instant à cette pensée , et je
revins toute entière à celle de mon
devoir.

Je déchirai cette lettre si tendre ,
et j'écrivis ce peu de mots à mon
malheureux ami :

« L'épouse de S.t - Prix ne doit
» rien se permettre qu'elle ne puisse
» avouer ; vous lui causez une peine
» inexprimable , mais elle vous sup-
» plie de respecter son bonheur et
» son repos ; oubliez-la , et puissiez-
» vous plutôt la haïr que d'être mal-
» heureux ; je ne puis ni ne dois
» vous voir. »

Je crus avoir rigoureusement obéï
à la sagesse en faisant cette réponse
sévère , je fis mettre la lettre à la
poste , sous le couvert de madame de
Bonbel , comme le comte m'en priait ,
et je m'efforçai de tout mon pouvoir d'effacer l'impression très-dou-
loureuse que celle du comte m'avait
laissée.

J'étais triste ; mon mari me trouva
maussade et me gronda ; je ne sais
comment il supportait lui-même la
vie que nous menions.

Quels que soient les ressources de
l'esprit et les charmes de l'amour ,
un tête-à-tête de trois ans est bien
long ; nous ne pouvions plus rien
nous dire de nouveau ; et pour passer
le tems nous nous disputions sur ce
que nous avions déjà dit.

S.t-Prix, qui ne voulait pas convenir qu'il s'ennuyait, devenait cynique :

il ne parlait que de la corruption des
grandes villes , de la frivolité des
plaisirs , de la manière dont il avait
toujours su se suffire à lui-même , et
malgré ce talent dont il se vantait ,
et que je ne lui reconnaissais pas ,
on avançait tous les soirs le souper ;
on était couché avant huit heures ;
je voyais sans cesse de nouveaux
prétextes pour abréger la journée ;
notre vie était bien insipide, et pourtant nous nous aimions.

Vingt jours après cette lettre que
j'avais reçue du comte, madame de
Bonbel fit l'excessive imprudence de
m'en écrire une seconde.

Le tems était affreux , S.t-Prix
relisait ses journaux de la veille, je
brodais assez tristement , et près de
lui ; on apporte les lettres , chacun
de nous prend les siennes ; quel
moment pour tous les deux !

Madame

Madame de Bonbel me mandait
que, ne prévoyant pas la manière
cruelle dont j'écrivais au comte
d'Harlem , elle avait eu le malheur
de lui remettre ma lettre sans précaution ; mais à peine en avait-il fini
la lecture qu'il était tombé sans connaissance ; on avait eu beaucoup de
peine à le rappeler à la vie , et pendant deux jours sa raison avait été
tout à fait aliénée. Madame de Bonbel ,
veuve , et parfaitement libre de sa
conduite , l'avait fait garder dans sa
propre maison.

Une fièvre ardente et des vomis-
semens de sang faisaient douter qu'il
pût vivre long-tems ; mais quoiqu'il
fut hors d'état de voyager il avait
absolument voulu partir et retourner
à Marseille. Madame de Bonbel , très-
attachée au comte , emportée par sa
vivacité naturelle et par le tableau

Tome III.   N

douloureux qu'elle avait eu sous
les yeux , n'ayant pas d'ailleurs de
principes fort sévères , me faisait les
reproches les plus amers ; elle m'accusait de la mort du comte , qui ne
pouvait résister à l'état violent où je
l'avais réduit ; elle me demandait si
je croyais avoir rendu un grand
hommage à la vertu en sacrifiant sans
pitié l'être le plus sensible qu'elle
eut jamais connu ; il était incapable,
disait elle , d'abuser de l'entrevue
qu'il m'avait demandée , et cette
seule complaisance lui aurait donné
la force de supporter tous ses malheurs.

Enfin madame de Bonbel était
elle-même sans pitié pour moi , et
soit qu'elle voulut m'engager à quelques démarches , ou simplement
venger le comte , elle ne pouvait rien

m'écrire de plus sinistre et de plus
affligeant.

Pendant que je lisais cette lettre,
en présence de S.t-Prix, et en tremblant comme la feuille, il lisait de
son côté une lettre de la fille ainée
de madame de Feming.

« Ma mère vous trompe sans doute
» sur son état, lui écrivait Pauline,
» car je ne puis croire que sans cela
» vous ayez la barbarie de la laisser
» mourir sans la revoir ; hélas ! elle
» dépérit chaque jour ; une fièvre
» lente la consume, sa poitrine se
» désèche et s'attaque, et dans le
» silence de la nuit, si je m'approche
» de son lit à son insu, et pour lui
» offrir quelques secours, j'entends
» ses sanglots déchirans et votre nom
» qu'elle répète à tous momens. Elle
» me disait encore hier au soir : Pau-
» lne, ma pauvre enfant, ne souffre

N 2

» pas qu'on me trompe sur mon état ;
» quand je n'aurai plus que peu de
» jours à vivre, avertis-moi, et puis
» écris à M. de S.t-Prix ; c'est près
» de lui que j'ai vécu, c'est sous ses
» yeux que je dois mourir. Venez,
» ce n'est point de l'amour qu'elle
» vous demande, c'est de l'amitié,
» c'est le plaisir de vivre auprès de
» vous ; venez, qu'Eugénie vienne
» avec vous, elle veut lui faire oublier
» nos torts à son égard. »

Pauline, sensible, exaltée comme
sa mère, ajoutait les instances les
plus touchantes pour que S.t-Prix
vint à Paris ; sa lettre était déchi-
rante, et pour cette fois le cœur
de S.t-Prix était véritablement ému.

Un coup-d'œil m'avait instruit, je
savais de qui était cette lettre que
lisait mon époux, mais très-préoc-
cupée de celle que j'avais reçue

moi-même , je perdis la force de me
contenir, mes larmes tombèrent avec
abondance ; S.t-Prix laissa éclater de
véritables sanglots , nous gardions le
silence ; au bout d'un petit quart-
d'heure S.t-Prix l'interrompit.

CHAPITRE XV.

Eugénie, me dit-il , puis je savoir de qui est cette lettre dont vous paraissez si affectée ?

Pour réponse , je la lui remis.

S.t Prix la lut avec une émotion visible ; sa physionomie très-expressive peignait tour à tour l'attendrissement et la douleur ; interrompant tout à coup cette 'ecture , il posa sur mes genoux la lettre de Pauline : et vous aussi , mon Eugénie , *lisez* , voyez les maux terribles dont nous sommes cause , et je connais mal le cœur de mon amie s'il n'est pas bientôt d'accord avec le mien.

J'avais un ressentiment particulier contre madame de Fening ; je n'oubliais pas que, s'il n'avait dépendu que d'el , je serais retourné, dans ma am l e avec *l'honnête pension* que S. t-Prix voulait alors me donner.

Rien n'était assurément plus naturel que de la voir consentir à mon é oignement ; mais est-on jamais juste dans sa propre cause, et quand la plus impérieuse des passions obscurcit la vérité ?

Je fus donc faiblement touchée de la lettre de Pauline ; je me rappelais qu'elle avait autrefois annoncé de la même manière la mort de sa mère, qui n'était pas morte pour cela, et j'allais peut-être faire des réflexions froides, que mon mari ne m'eut jamais pardonnées, quand il s'empara de ma volonté et de mon esprit avec tout l'empire que je lui avais dès long-tems donné.

—Eugénie, me dit S.t-Prix en m'at-

tirant sur son cœur avec des regards
pleins de tendresse , nous nous aimons, nous nous adorons , je le sais ;
mais nous aimons la vertu , la bien-
faisance , plus que nous-mêmes... ;
plus que le bonheur , plus que la
vie ; et pourtant ajouta-t-il avec la
plus grande véhémence , chaque jour
notre nom , notre souvenir arrache
des larmes de sang.... ! ces passions
qu'il nous fut autrefois si doux d'inspirer, nous les avons tournées contre
ces êtres sensibles , qui n'ont eu
d'autre tort que de se fier à notre
reconnaissance et à nos sermens.

— Mon ami, dis-je à S.t-Prix, ce
n'est pas sans un regret bien amer
que je vois ce funeste effet de mes
erreurs passées.

— Des regrets , Eugénie , une
froide, une inutile pitié ! est-ce
assez , quand on peut adoucir ses

fautes, quand il est encore en notre pouvoir de rendre le bonheur ?

— En notre pouvoir ! mon ami, dis-je avec autant de surprise que d'émotion ?

— O mon Eugénie ! ma compagne toujours adorée ! madame de Fening, victime d'une maladie de langueur qui la conduira insensiblement au tombeau, ne demande plus d'amour, ce sont les consolations de l'amitié qu'elle désire. Les lettres de M. d'Harlem se renferment dans les mêmes sentimens. Hé bien ! réunissons-nous tous les quatre ; que ce toit hospitalier renferme un exemple de ce que peut inspirer le véritable amour de l'humanité ; M. d'Harlem trouvera en moi un ami véritable, la malheureuse Clorinde sera vo're compagne chérie ; eh ! pourrait-elle ne pas vous aimer ! vous, chère enfaut, à qui elle devra la vie.

Mes larmes coulaient par torrens ; j'étais confondue d'une semblable proposition ; je me jettai dans les bras de mon époux, — je t'aime, lui dis-je, je t'aime, S.t Prix, et je n'aurai point d'amour pour le comte.

— Point d'amour ! dis - tu ; point d'amour ! je le sais, mon Eugénie, et crois-tu que j'en aie moi- même pour madame de Fening ; elle est âgée, malade, incapable peut être d'oublier les torts que j'ai eus avec elle ; je saurai aussi- bien que tòi respecter les liens de l'union conjugale.

Ne sens-tu pas qu'en voyant autour de nous l'union et le bonheur, nous jouirons de la félicité la plus parfaite ; qu'en disant : c'est notre

ouvrage...., nous serons assez dé-
dommagés.

Le croirait-on ! ces bizarres raisonnemens , faits avec un ton d'ins-
piration et d'enthousiasme , m'en-
flammèrent à mon tour : — Hé bien !
je me rends , je veux ce que tu veux ;
dirige ma conduite, mes démarches ;
je ne puis m'arréter un seul instant
à la pensée que tu veuille seulement
éprouver mon cœur....

— Hé bien ! ajouta-t-il, les instans
sont précieux , dans peu de jours il
serait trop tard ; la mort , l'impitoya-
ble mort , nous aurait peut - être
prévenus, et l'ombre de nos victimes
s'attacherait à nos pas... ; toujours,
toujours , tu la verrais troubler ta
vie et nos plaisirs... ; tu entendrais
au fond de ton cœur ce cri déchirant,
ces mots horribles : c'est toi , c'est
toi qui m'as assassinée ! jouis, barbare,

jouis ; c'est pour t'avoir aimé que j'ai disparu de la terre...! que je n'y reparaîtrai plus....

— Tu me fais frémir...., S.t-Prix, mon sang se glace dans mes veines, partons ; ah ! mon ami, partons : mille morts sont préférables....

— Demain, Eugénie, demain, au lever de l'aurore, ma chaise de poste sera prête, Victoire t'accompagnera, tu iras jour et nuit, sous peu de jours tu seras à Marseille, tu verras d'Harlem, tu l'arracheras à la mort, tu l'amèneras auprès de nous ; et plutôt que toi encore, je l'aurai revue....; je serai à Paris....

— Ah ! mon ami..., ah ! quel effort....!

— Point de faiblesse, Eugénie, supérieurs aux autres hommes par une semblable résolution, soyons-le aussi par notre courage à la réaliser.

Reçois-en l'exemple d'un époux qui
t'adore, qui le sent plus que jamais...

Les plus vives caresses accompa-
gnèrent ces dernières paroles ; l'idée
de nous quitter pour quelque tems,
donnait une ardeur toute nouvelle à
nos transports ; d'époux calmes et
refroidis, nous étions devenus des
amans passionnés ; nous allâmes revoir le parc, les jardins, le petit
bois, avec des impressions aussi
tendres que nouvelles ; S.t-Prix me
montra l'appartement qu'il destinait
à M. d'Harlem, il me dit qu'il en ac-
cepterait une modique pension pour
ne laisser aucune peine à sa délicatesse.

— Notre univers sera ici, me disait-il : c'est un cercle d'amour,
d'amitié, d'estime, dont nous nous
entourons. Que de gens, qui se
croient heureux, n'ont pas le quart

de nos jouissances ; le jour, le soir,
la nuit se passa dans un véritable
délire ; la pendule sonna quatre heures ; mon époux me pressa contre
son cœur ; je m'habillai à la hâte et
en silence ; la chaise était prête, et
je partis.

———————

CHAPITRE XVI.

Nous étions dans les premiers jours
de juin , le tems était superbe , et
j'ai souvent remarqué qu'on regarde
comme une espèce de présage la dis-
position du ciel , au commencement
d'un voyage ou d'une entreprise quel-
conque.

Je me sentis donc plus de force
que je ne l'avais cru la veille ; je ne
quittais pas Rémur pour long-tems,
et perdant de vue peu à peu tout ce
qui en dépendait , je croyais dire à
chaque objet, à *revoir*, et non pas
adieu , ce qui mettait une grande
différence dans mes regrets.

Ma pauvre petite Victoire , en qui
j'avais confiance, mais avec laquelle
je n'avais pas eu le tems de causer

encore , savait seulement que nous
partions pour Marseille ; c'était pour
elle un bonheur inespéré et dont elle
était folle de joie , mais elle resta
comme pétrifiée quand elle crut de-
viner le but de mon voyage.

Que je quittasse un mari que j'aimais , pour aller courir moi-même
après un homme que je n'aimais plus,
cela lui paraissait un acte de démen-
ce , et quoiqu'elle ne me l'exprimât
qu'avec respect et timidité , ses ex-
clamations , ses petits yeux bleus ,
sans cesse élevés au ciel , voulaient
dire que je me repentirais d'une semblable démarche.

Victoire avait un joli petit bon
sens , très-suffisant pour une femme
de chambre ; mais, toute pénétrée
encore des belles choses que m'avait
dites S.t Prix , je ne m'étonnai point
qu'elle fut incapable de goûter des
idées

idées d'une trop grande élévation pour elle ; le sort en était jeté, j'étais partie.

Après une retraite de trois ans, le voyage me procurait une distraction agréable, et j''étais encore dans cet âge où l'on a la volonté et la puissance de repousser les réflexions affligeantes.

Enfin je reconnais les environs charmans de Marseille ; je baisse, en y arrivant, les stores, avec l'importante attention de n'être reconnue de personne, et je vais descendre chez le bon libraire, qui est tout étourdi de ma présence.

— Ah ! madame, quel mal vous avez fait !....

— Je viens le réparer, et de la meilleure foi du monde, je pensais que quel que fut l'état du comte, ma seule présence allait le rendre à la vie.

Tome III.   O

Le bon libraire déplace sa femme ,
ses enfans , me donne sa chambre ,
et sortait pour aller prévenir le comte
avec précaution , quand il entre au
même moment , et selon l'habitude
qu'il avait de venir souvent voir notre
ami.

Le libraire le reconnaît à l'instant ,
le soutient dans ses bras, où il tombe
sans connaissance ; et j'ai véritablement besoin qu'il me répète que c'est
M. d'Harlem que j'ai sous les yeux ;
jamais changement ne fut si absolu ,
ni si frappant.

Les fatigues de la guerre et des
voyages , les longues agitations de
l'ame, enfin la crainte d'un refus de
ma part , à ses désirs qui paraissaient
raisonnables , l'avaient réellement
mis aux portes du tombeau.

Faible , pâle , les yeux éteints, ce
n'était plus le même homme , et sa

vue était bien propre à inspirer le plus vif remord des chagrins que je lui avais causés.

Nous prodiguâmes au comte tous les secours nécessaires ; il revint à lui-même , mais ses premiers mouvemens ne furent pas tendres pour moi comme je m'y étais attendue.

— Est ce vous ? Eugénie ! est ce vous ? madame.... , répéta-t il avec un frissonnement universel...... Hé bien ! que me voulez-vous ? qui vous amène ici ?

— Mon ami , vous avez méconnu mon cœur , avez vous pu le croire insensible à tant de preuves de constance et de tendresse.

— Voilà votre dernière lettre , me dit le comte d'un air égaré ; et en la sortant de dessus sa poitrine , la voilà , elle m'aidera à mourir.

— Vous ne mourrez point , lui

O 2

dis-je avec la plus vive émotion, et
me jetant dans ses bras , vous vivrez
avec moi... et près de moi.

Notre confident voyant que la scène s'échauffait beaucoup , crut honnête de se retirer ; Victoire le suivit ,
et restée seule avec le comte , j'es-
sayai de lui expliquer les sublimes
rêveries de mon époux.

Elles m'avaient convaincue, et je
voulais si fortement rendre le bonheur à mon malheureux ami , que je
fis passer dans son ame quelque
chose de l'enthousiasme qui m'éga-
rait moi même.

Au surplus , il était si faible , si
épuisé , qu'il n'était guère en état de
discuter.

La joie de me retrouver s'introdui-
sait petit à petit dans son ame , depuis si long-tems flétrie , et je n'avais
pas à craindre les changemens qu'il

pouvait remarquer dans ma personne.

J'avais pris de l'embonpoint, j'étais
un peu grandie, plus formée, et mes
vingt-trois ans étaient dans tout leur
éclat.

Il en fit la remarque flatteuse,
m'embrassa, mais avec tristesse, et
me quitta jusqu'au lendemain, car
j'avais, ainsi que lui, le plus grand
besoin de repos.

On peut penser avec raison que le
lendemain le comte fut empressé à
me revoir ; je crus déjà m'appercevoir
d'un mieux sensible dans son état ; ce
premier succès me toucha et me fit
croire que nous parviendrions tous à
être heureux.

Je me trompais beaucoup, ma vue
avait bouleversé ses idées et changé
ses projets ; l'idée de passer sa vie
près M. de S.t-Prix lui était insoute-

nable , et s'il ne paraissait pas rejetter
tout à-fait cette proposition , c'est
qu'il se flattait intérieurement que je
reprendrais mes premiers sentimens ,
et le suivrais peut-être encore en pays
étrangers.

Sa fortune avait souffert de son
absence , mais il pouvait m'assurer
partout une honnête aisance.

Madame d'Harlem était devenue
tout-à-fait indifférente à la personne
comme à la conduite de son mari.

Avant qu'il s'émigrât , ils avaient
fait un partage volontaire de leurs
fortunes. A son retour ils s'étaient re-
vus sans affection et sans intimité ; le
comte en ce moment même ne lo-
geait pas avec sa femme ; enfin, il
s'en fallait de beaucoup que je fusse
par ma situation, et surtout par mes
sentimens , aussi libre que lui.

Le second jour fut rempli des dé-

tails intéressans de tout ce qui s'était
passé depuis notre séparation. Le
comte s'accoutuma peu à peu à l'idée
de mon mariage ; mais je ne lui disais
pas combien S.t-Prix m'était cher.

Enfin , quoique j'éprouvasse intérieurement des combats affreux , je
n'aurais point voulu pour tout au
monde devenir infidèle à mon époux.

Je le décidai à partir le surlende-
main , pour nous rendre à Verdun ,
le vingt-cinq du mois de juin , comme
nous en étions convenus en nous
quittant , S.t-Prix et moi.

Plus nous approchions du terme
de notre voyage , et plus je voyais
chanceler la résolution du comte. Il
ne concevait plus comment il avait
pu désirer de venir vivre à Rémur ,
et sous les yeux de mon époux ! Je
lui en donnais de fort mauvaises raisons ; il devenait pensif, rêveur.

Pour moi , contente de tous les efforts que j'avais faits pour le consoler, je me livrais de nouveau au désir de revoir S.t-Prix. Je l'aimais plus que jamais ; je ne l'avais point trompé, je n'avais à craindre ni ses reproches, ni les miens , il m'aimerait encore.

Mais j'allais aussi revoir madame de Fening ! cette femme qui devait être ma meilleure amie ! et pour laquelle je ne me sentais pas la moindre affection.

Par quel étrange aveuglement avions nous pu imaginer que nous pourrions nous contenir dans les simples bornes d'une amitié réciproque , comme s'il était possible de se commander de haïr ou d'aimer à volonté ; mais l'imagination prête de la vraisemblance à tout ce qu'elle nous fait souhaiter , et nous ne tardâmes pas à reconnaître nos erreurs.

CHAPITRE

CHAPITRE XVII.

Nous arrivâmes à Verdun , le vingt-quatre au soir , à l'auberge où nous avions fixé la première entrevue du comte et de mon mari.

Il n'y était pas encore arrivé; et, dans mon inquiétude , je lui envoyai dans la nuit même un exprès pour le prévenir de s'y rendre aussitôt.

Cette impatience blessa M. d'Har=lem ; j'aurais dû le prévoir : mais la femme la plus sensible , quand elle n'aime pas , est cruelle sans s'en douter , vingt fois par jour.

Enfin on venait de nous servir à déjeûner quand S.t-Prix se fit annoncer.

Notre embarras à tous trois était

Tome III. P

extrême ; je me levai pour embrasser mon époux.

— Monsieur le comte , dit alors S.t-Prix , en lui présentant la main , je n'ai point l'honneur d'être connu de vous , mais je vous offre mon amitié avec la loyauté d'un vieux chevalier , qui croit n'avoir de sa vie manqué à l'honneur ; je sollicite de vous les mêmes sentimens et la même confiance.

Le pauvre comte était pâle comme la mort ; les mots qu'il voulait bégayer expiraient sur ses lèvres , et quelque préparé qu'il fut à ce moment , je vis tout de suite que cet effort surpassait ses forces.

J'offris à déjeûner à S.t-Prix , espérant que la familiarité s'établirait peut-être entr'eux ; mais mon époux , très-ému lui-même , affectait une tranquillité qu'il n'avait pas , il ne pouvait manger ; pour moi , j'étais tremblante comme la feuille , je renversais le thé , je me brûlais les doigts ; le comte n'essayait même pas de servir ; l'orage le plus violent se préparait dans son cœur.

— C'est impossible , absolument impossible , s'écria t-il tout à coup et comme un insensé ; monsieur de S.t-Prix , vos procédés me surprennent... , je les crois sincères et surtout généreux ; mais Eugénie était à moi long-tems avant d'être à vous , c'est vous qui m'avez remplacé dans son cœur , c'est vous qui me l'avez ravie ; et vous voir , vous voir sans cesse...

—Malheureux ami ! s'écria à son tour S.t-Prix , que puis-je faire de plus que de consentir à vivre sous le même toit avec celui qui fut l'amant

P 2

de mon Eugénie, et de m'abandonner à votre loyauté.

— Vivre auprès d'Eugénie sans l'aimer ! non, c'est impossible, je le sens maintenant, cet effort est au-dessus de mes forces ; je vous quitte pour jamais....

En disant ces mots, il s'é'oigna si promptement, qu'à moins de faire un scandale dans l'auberge, nous ne pouvions le rappeler.

S.t-Prix le suivit pourtant de loin, voulant seulement s'assurer de ses dispositions, ou prévenir un acte de désespoir.

Mais le comte alla directement à la poste, y acheta sur-le-champ un cabriolet qu'un officier de la garnison y avait laissé en paiement la veille, et S.t-Prix le vit partir avec la rapidité de l'éclair.

Il revint aussitôt à l'auberge, m'an-

nonça avec certitude le départ du
comte : je dois l'avouer avec sincérité, que mon premier mouvement
fut de l'apprendre avec plaisir.

— Ce n'est pas notre faute , dis-je
à S.t-Prix , en me jettant dans ses
bras; mon ami , le ciel n'approuvait
pas sans doute cet étrange arrange-
ment , puisqu'il l'a rendu inutile ; à
toi , ah ! pour toujours à toi seul !

S.t-Prix avait été mécontent de l'ex-
térieur et de la conduite du comte ;
tout ce qui s'était passé avait détruit
son enthousiasme; nous n'avions plus
aucun reproche à nous faire à l'égard
de M. d'Harlem.

Mais bientôt la réflexion fit éprouver à mon époux le plus extrême
embarras.

Me ramener seule à Rémur, allait
rejeter madame de Fening dans le
plus violent désespoir ; elle avait

adopté avec une aveugle confiance
les folies romanesques de S.t-Prix.

Elle avait passé sa vie près de lui,
à entendre, à applaudir à tous les
écarts de son imagination, celui-là
ne l'avait pas même beaucoup surprise.

Mon mari, intimidé véritablement
de ce que pouvait produire ce tissu
d'inconséquences, que l'événement
seul pouvait justifier, me supplia de
rester quinze jours à Verdun, pendant qu'il la préparerait à mon retour.

Mais je connaissais la faiblesse,
l'irrésolution de mon époux ; je sentis
que si je le quittais un moment de
plus, mille circonstances pourraient
rendre notre séparation éternelle ;
et agissant pour la seconde fois de
ma vie avec une fermeté bien pro-
noncée, je lui déclarai que je n'en-

tendais pas devenir moi-même la victime de la démarche par laquelle je n'avais fait que me soumettre à ses conseils et à sa volonté.

Je l'assurai que nulle puissance humaine ne me ferait renoncer à tous mes droits d'épouse, droits sacrés.... Enfin, sans lui laisser le tems de se consulter davantage, j'envoyai chercher des chevaux, et à l'entrée de la nuit nous étions de retour à Rémur.

S.t-Prix, me trouvant dans cette circonstance plus de tranquillité qu'à lui-même, me permit d'instruire madame de Fening de l'événement qui me ramenait sans mon ami.

Il s'en reposa sur ma délicatesse pour traiter avec les plus grands ménagemens, cette femme réellement bien malheureuse de s'être attachée à lui, auquel elle avait sacrifié sa vie, sa jeunesse, sa famille, sa fortune, son pays, sa réputation, enfin tout ce qu'il est possible à une femme de sacrifier.

Pénétrée de sa situation et contente de la mienne, j'oubliais mes ressentimens, sans le communiquer à S.t-Prix, je me flattais que le moment était venu de réaliser nos projets d'union et d'amitié.

Mon mari m'avait persuadée que cela était d'autant plus facile, que Clorinde, changée à l'excès, ne pouvait plus se faire illusion sur le peu de pouvoir de ses charmes, dont je ne devais pas craindre la rivalité ; et sur ses sentimens, qui n'étaient plus que ceux d'une amitié pure et sincère.

O abîme du cœur humain ! tout ce que j'avais préparé de beau et de généreux, pour rétablir l'union entre nous, fut tout à fait inutile ; dès que madame de Fening me vit descendre de la voiture , seule avec S.t-Prix , elle s'enferma à double tour dans son appartement ; refusa absolument de nous voir l'un ou l'autre ; ne se rendit à aucune instance ; irrita mon époux par un billet très-injurieux , et repartit dès le jour d'après , demandant pour unique grace , d'être certaine en s'en allant , de ne pas nous rencontrer.

Madame de Fening n'avait pas amené ses filles avec elle , elle se hâta d'aller les rejoindre , emportant cette fois encore plus de ressentiment que de douleur.

S.t-Prix , dont toutes ces agitations avaient fatigué l'ame , qui avait cru faire les choses les plus héroïques , et qui se voyait traiter avec mépris , parut content de se retrouver seul

avec moi, et tout rentra dans l'ordre
à Rémur.

J'appris dans la suite que le comte
d'Harlem, tout à fait guéri de sa
passion pour moi, avait repris le
parti des armes, et s'était attaché
aux princes français, de l'autre côté
du Rhin.

Nous étions du nôtre, inquiétés
par les paysans de Rémur; ce n'était
qu'à force de bienfaits et de prudence
que nous parvenions à nous sauver
de la proscription attachée à notre
classe.

S.t-Prix, qui ne se croyait plus en
sûreté chez lui, n'osait faire travailler
des ouvriers toujours prêts à la ré-
volte; il commençait à se déplaire à la
campagne et m'offrit de prendre un
pied à terre à Paris; je l'acceptai avec
joie, me flattant même que ma bonne
conduite depuis mon mariage, me

rendrait l'amitié de madame de Luzi,
si je pouvais me rapprocher d'elle.

Il y avait déjà quinze mois d'écoulés
depuis mon retour de Marseille; S.t-
Prix ou moi nous ne parlions jamais
de cette époque, et ce silence absolu
était en effet le seul moyen de maintenir l'estime et la paix entre nous.

Notre attachement s'était même
ranimé depuis ce singulier voyage;
l'ennui était le seul mal qui m'attei-
gnît quelquefois; mais nous partions
pour Paris, et c'était depuis long-
tems mon unique désir.

CHAPITRE XVIII.

J'APPRIS, en arrivant à Paris, la mort de ma bonne grand'mère ; la révolution l'avait chassée, depuis quelques mois, de son couvent, et elle avait été, avec Valérie, s'établir à Versailles, où la suite de plusieurs infirmités graves l'avait conduite au tombeau.

Je fus très-sensible à sa perte ; car si la trop grande indulgence de mad. de Ligni avait amené les premiers malheurs de ma vie, ce n'était pas à moi à lui reprocher sa faiblesse ; je ne me rappelais que sa bonté, dont le souvenir est encore dans mon cœur.

Au bout de quelques jours je fus voir Valérie.

Elle avait eu connaissance de ma fuite de chez madame de Luzi, et mon mariage avec S.t-Prix n'effaçant pas suffisamment ma faute à ses yeux, elle crut devoir à la vertu et à la dignité de son caractère, de me recevoir extrêmement mal.

Elle était plus maussade et plus dévote que jamais; entourée de prêtres persécutés qui aggravaient, par l'amertume de leurs plaintes, l'aigreur naturelle de son caractère.

Cette entrevue, après trois ans d'absence, et dans une situation où la douleur commune devait nous rapprocher, fut si peu aimable, qu'elle fut la dernière de notre vie.

Ma pauvre sœur resta sage, et resta fille, sa santé s'altéra, et son existence, qui n'était pas heureuse sous d'autres rapports, ne me fit jamais envie, quoiqu'elle eut su se

garantir , par son indifférence , des
orages des passions , et des grandes
douleurs dont ma vie fut si souvent
agitée.

Madame de Luzi, qui m'avait véritablement aimée , et que je prévins
par tous les témoignages d'affection
possible , me rendit une partie de
son ancienne tendresse ; elle revoyait
S.t-Prix avec plaisir , et mon grand
deuil ne me permettant pas d'aller
aux spectacles , ni dans le monde ,
je ne voyais qu'elle absolument.

Nous avions pris un très-joli petit
logement à l'entrée de la rue du
Temple et tout près du boulevard.

Le soin de le meubler avec élegance
et simplicité m'occupait avec une
joie véritablement enfantine ; S.t-Prix
n'y entendait rien , mais ne me con-
trariait pas , et je prévenais tout ce
qui pouvait le lui rendre agréable ,

supposant que nous passerions à l'avenir l'été à Rémur et l'hiver à Paris.

Dès la fin du premier mois de notre séjour dans cette ville, je m'apperçus que mon époux faisait presque tous les jours de longues absences ; il me quittait en sortant de table , et ne rentrait guère avant minuit.

J'en pris quelqu'inquiétude , mais il me répondit d'un ton qui me parut sincère , qu'habitué à l'exercice , à la vie de la campagne et au grand air, il ne pourrait vivre à Paris s'il n'y faisait de fort longues courses qui le forçassent à marcher ; ses connaissances étaient , disait-il, dans les quartiers les plus éloignés ; on le retenait à souper ; enfin mille prétextes très-apparens me rendaient la confiance et m'empêchaient de pousser plus loin mes recherches.

Qu'on imagine, s'il est possible,

de quel coup je fus frappée quand je
reçus un soir , et à l'heure ordinaire
où j'attendais S.t-Prix , la lettre sui-
vante :

   « Ne nous abusons pas plus long-
» tems l'un et l'autre , ma chère
» Eugénie; les sentimens réciproques
» ne suffisent pas au bonheur; le
» rapport des goûts et des caractères
» peut seul l'assurer dans toutes les
» saisons de la vie.

   » J'ai plus du double de votre âge ;
» et cette disproportion explique assez
» l'incompatibilité qui se remarque
» entre nous. Votre jeunesse et votre
» jolie figure vous feront trouver fa-
» cilement un époux plus digne de
» vous que je ne le suis ; obéissons
» donc à la destinée qui me réunit
» encore une fois à mad. de Fening ;
» elle a perdu sa fille cadette , et elle
» a reçu depuis un mois la nouvelle
                » certaine

» certaine de la mort de M. de Fening.
» Vous avez reconnu mille fois vous-
» même les maux affreux que j'ai
» causés à cette malheureuse femme ;
» je lui dois des réparations sans
» nombre , et quoique je m'explique
» aujourd'hui à cet égard avec dou-
» leur , je dois vous avouer que je
» suis irrévocablement résolu à pro-
» fiter de la loi du divorce pour lui
» offrir ma main , et finir avec elle
» paisiblement mes jours ; votre refus
» n'empêcherait pas le succès de mes
» démarches , mais votre consente-
» ment peut les abréger.

   » Je vous en aurai donc une sincère
» obligation , et vous la reconnaîtrez,
» Eugénie , par les dispositions que
» je ferai à votre avantage , et dont
» je vous prie de ne pas vous inquiet-
» ter. Je vous écris de Vincennes, où
» je suis , chez madame de Fening.

» J'ai dû vous cacher que je la
» voyais depuis mon retour à Paris ;
» je compte sur votre raison , ma
» chère Eugénie , soumettez vous à
» la volonté de l'Être puissant qui
» conduit et régle tout. Adieu. »

Rien au monde ne m'avait préparée
à un semblable projet. M. de S. t-Prix
n'avait eu aucune altercation avec
moi ; j'avais même pris pour de la
complaisance le peu de contrariété
qu'il avait mis dans mes petits arran-
gemens domestiques. Aussi je lisais
et relisais cette lettre sans la comprendre ; j'étais machinalement inquiète de ma santé ou de ma raison ,
à demi persuadée que je voyais sur
ce papier ce qui n'y était pas.

Je n'avais près de moi que ma
bonne Victoire , dont l'amitié n'était
pas douteuse ; elle savait lire depuis
quelques mois , je m'étais amusée à

le lui apprendre , et elle connaissait parfaitement l'écriture de mon mari.

Je lui présentai donc cette lettre , en lui disant d'en faire la lecture tout haut.

— Ma vue se trouble , lui dis-je , explique cela , ma pauvre enfant et prends soin de moi , car je ne sais ce qui m'arrive...

Victoire prit la lettre en tremblant , et dès les premières lignes son émotion lui ôtait presque la force de continuer.

Enfin je n'eus bientôt plus de doute , et je restai dans une immobilité profonde.

Si j'avais vu la terre s'entrouvrir , les étoiles tomber , ou quelqu'autre grand désordre de la nature , ma consternation eut été précisément ce qu'elle était.

Je n'étais encore que surprise ,

effrayée, et ma pauvre Victoire, par la raison qu'elle était moins affectée que moi, versait des larmes dont je me suis souvenue depuis, et que je ne remarquai même pas alors.

Enfin au bout de quelques heures passées dans le silence, et sans former aucunes plaintes, mes idées s'éclaircirent et me montrèrent mon malheur dans toute son étendue; ses retours continuels de S.t - Prix pour madame de Fening prouvaient évidemment à mes yeux la puissance irrésistible de la passion ou de l'habitude.

Le peu de ménagement avec lequel il m'annonçait la volonté de divorcer me fit sentir que tout amour était éteint dans son ame, tous raisonnemens inutiles, et je me proposai de n'en faire aucuns.

Feignant donc d'éprouver de gran-

des douleurs de nerfs , je dis à Victoire
que je voulais faire un remède qui
m'avait extrêmement soulagée dans
ma première jeunesse , et qui con-
sistait dans des applications de laudanum dont je voulais imbiber des
compresses , ce qui en exigeait une
assez grande quantité.

Je lui observai tranquillement qu'il
fallait s'en fournir chez plusieurs
apothicaires , parce que le même re-
fuserait peut-être une aussi forte
dose , ce remède n'étant pas très-
connu en France.

Je paraissais toute entière à mes
souffrances physiques , et la pauvre
fille jugeant qu'elles étaient extrêmes ;
par l'attention que je leur donnais
dans un pareil moment , courut avec
empressement chercher les secours
que je lui demandais.

Pendant son absence j'avais envoyé

le portier d'un autre côté, chercher
quelques grains d'opium : quand Victoire revint, je les avais déjà avalés ;
elle posa sur ma cheminée un vase
qui renfermait une forte dose de
laudanum, et pendant qu'elle cherchait dans une autre pièce le linge
nécessaire pour l'usage auquel elle
le croyait destiné, je pris tout d'un
trait, malgré ma répugnance, cette
épaisse, détestable et même dangereuse boisson.

Je ne pus me défendre d'en rejetter une ou deux gorgées ; Victoire
entendant mes efforts rentra à l'instant, et fut tout d'un coup, éclairée
sur l'acte de folie que je venais
d'exécuter.

— Miséricorde ! s'écria-t-elle, ma
maîtresse est empoisonnée !

— Laisse-moi, mon enfant, laisse
moi abréger mes peines, ce remède

était le seul ; évite seulement aucun
éclat ; éloigne-toi si ce spectacle te
fait souffrir. J'ai pensé à ton sort ;
prends cette bourse et l'argenterie
qui m'est restée ici.

— Que je vous prenne quelque
chose ! que je vous quitte un moment ! ô mon Dieu ! que les maîtres
sont injustes !

Qu'elle était naturelle et touchante
l'exclamation de cette fille sincère,
qui m'était, à la vérité, si tendrement
attachée !

Pourtant, se ravisant, elle courut,
malgré mes efforts pour la retenir,
à la porte d'une voisine très-respec-
table et que je connaissais peu.

Elle la supplia de venir chez moi,
de ne pas me quitter ; et la bonne
madame de Melun , sans faire de
questions , sans hésiter un moment ,

vint me garder à vue dans mon appartement.

Je m'en inquiétais assez peu ; je croyais les effets du poison plus prompts , et je me flattais que la présence de ma voisine ne m'empêcherait pas de mourir ; je lui dis simplement que j'étais un peu malade , que Victoire était folle dans l'excès de son zèle ; et madame de Melun dut le croire , en me voyant la plus grande tranquillité.

Fin du tome troisième.

www.ingramcontent.com/pod-product-compliance
Lightning Source LLC
Chambersburg PA
CBHW070843030726
47504CB00005B/1200